矢を弓に乗せ、弓弦を引く。
ジュリアンが目を輝かせて
私をじっと見上げているのが目の端に映る。
期待しているのだろう。
絶対に仕留めなければ。

Contents

◆王子さまがやってきました

政略結婚をすることになった。

マッティア王国の第一王女であるこの私、カリーナが、である。

もうすぐ十八歳。そろそろそういう話が舞い込んでくるのではと思ってはいたけれど、お相手は大変に意外な方であった。

エイゼン王国の第七王子、ジュリアン殿下である。

御年《おんとし》十歳である。

「私には少々……お若すぎるのでは」

謁見室にて、その縁談話を玉座に座る父から聞いたとき、私は思わずそう訊《き》いてしまった。

王女たるもの、政略結婚に異議を唱《とな》えることなどあってはならないのだから、私はうなずくしかなかったはずである。

けれど衝撃のあまり、『唯々諾々《いいだくだく》』という言葉が頭の中からすっぽ抜けた。

しかし父は私の無作法を咎《とが》めることなく、白髪交じりの短く黒い顎鬚《あごひげ》を右手で弄《もてあそ》びながら、首肯《しゅこう》する。

「十歳だからな」

「ですよね」

「では訊くが」

「はい」

「カリーナは、マッティアとエイゼン、どちらの国力が上だと思う？」

「エイゼンです」

比べるまでもない。

「そういうことだ」

「わかりました」

私は深く一礼する。

頭の高い位置で結《ゆ》った一房のまっすぐな黒髪が、パサリと顔の横に垂れてきた。

◇

「いやいやいやいやいや」

私の騎士であるラーシュが斜め後ろを歩きながら、立てた手を顔の前でしきりに振っている。

ラーシュは幼い頃からずっと私の騎士を務めているが、長らく戦争とも内乱とも無縁のこの国では、剣の腕を活かす機会もない。

なので彼の仕事は、もっぱら私の話し相手だ。

「姫さま、物わかりがよすぎではないですか？」

「そうか？」

詳細はまた後日、ということで、私たちは自室までの廊下を連れ立って歩いている。

子どもの頃は同じくらいの身長だったのに、あっという間に私よりも頭ひとつ分大きく成長した彼は、身体を屈《かが》めて私のほうを茶色の瞳で覗《のぞ》き込んできた。歩きながらなので彼の赤色の巻き毛が揺れている。

「昔から、なんでもスッと引いちゃいますよね」

「そんなつもりはないが」

「どんなことでも受け入れて呑み込む癖《くせ》、やめたほうがいいと思います」

「そう見えるのなら、気を付けよう」

「だから、そういうところですって」

優しげな垂れた目を眇《すが》めると、呆《あき》れたような声でそう指摘してくる。

しかしだからといって、荒ぶるほどのことでもない。顔に出すほどのことでもない。私の表情は、凪《な》いだ海のように穏やかだろう。

ジタバタしても仕方ない。そんなことをしても時間の無駄である。国王である父が口にした時点で、これはもう、決定事項だ。

そしてその事情にも納得がいく。

国力があまりにも違いすぎる。エイゼン王国から申し出があったのだとしたら、マッティア王国に断るという選択肢はない。

だいたいこのマッティアは、他国との政略結婚を繰り返して生き残った国でもある。むしろ大国からの申し出は大歓迎である。

そう納得はできるが、なにも感じないわけではない。凪いだ海でも、海中では流れが荒れ狂っていることだってあるのだ。

だからラーシュが指摘するように、どんなことでも呑み込んでいるわけではない。ただ顔に出ないだけだ。

そういうわけで、頭の中は疑問符だらけである。

なぜその強国であるエイゼンが、まだ幼い第七王子の結婚相手としてマッティアの王女を選んだのか。

他国の王女にも自国の貴族の子女にも、いくらでも同じ年頃の相手がいるのではないだろうか。

それともエイゼンでは、王子は十歳になると、五歳以上年上の他国の王女と婚約しなければいけないというしきたりでもあるというのだろうか。

そもそもそのジュリアン殿下はどのような御方《おかた》なのか。

ご本人は十歳にして、もうすぐ十八歳になる私を娶《めと》ることを納得されているのか。

頭に浮かぶ疑問は数あれど、マッティア王国の王女である自分は「ありがたく」そのお話を受けるしかない。

けれどやはり表情には浮かばず落ち着き払っているように見えるらしく、私の代わりにラーシュが次々と疑問を呈してくる。

「だって姫さま、十歳なんて子どもですよ？　城下の子どもたちを見てくださいよ。イタズラばっかりしているじゃないですか」

「エリオットはイタズラなどしないぞ」

エリオットとは、私の弟である。ジュリアン殿下と同じ十歳だ。第二王子である彼は、王太子である兄の背中に隠れていることが多い大人しい子だ。

それはそれで問題ではあるのだが、イタズラばかりするよりはマシな気がする。

「エリオット殿下は、まあ……そうですが」

近くにいる実例を挙げられて、ラーシュは気まずそうに一旦は言葉を引っ込めた。しかし少ししてまた口を開く。

「いやでも姫さまにとって十歳のエリオット殿下は、まだ幼くて可愛い弟でしょう？」

「幼い……まあそうかな」

「その幼い弟と同い年の男の子が夫になるって、ちょっとは抵抗してみたほうがいいんじゃないですか」

「まあ……少し子どもすぎるようには思うが、なにせ私はエイゼンのことをあまり知らないからなあ」

遠く離れた国だ。大国であるという知識はあれど、その慣習や価値観などまで知っているわけではない。

「もしかしたらエイゼンでは、妻は年上なのが一般的なのかもしれん」

マッティアでは夫が年上であることが一般的……というか、多くはある。

『渓谷の国』である我が国では狩りが盛んで、それで生計を立てている者も多い。男も女も狩りをするが、狩猟は体力的に男性のほうが向いているため、一家を養うのはほとんどが男性だ。

一人前になるには時間がかかることもあり、必然的に狩猟で一本立ちできる年上男性と、若い女性の結婚が多くなる。

そして妻は、家で育児や家事をしながら夫の帰りを待つのだ。

「そう……なんですかねえ……」

ラーシュは納得しかねる、という表情をして首を捻る。とはいえ彼も、このマッティアで生まれ育った人間だ。他国の細かい事情までは把握していないのだろう。

実際のところはわからない。

だから今度調べてみよう、と思い立つ。

「まあ、いずれにせよ、詳細は追って父上が説明してくださるということだから」

そこでちょうど自室に着き、私はドアノブに手をかける。

「今日のところは、私はもう休むよ」

「はい。では俺はこちらで待機しておりますので」

「ああ」

ラーシュを部屋の外に残し、私は中に入って扉を閉めると、息を吐く。

やれやれ。

王女とはいえ、自由気ままであった独身生活もついに終わるのか、と私は慣れ親しんだ自室を見回した。

華美なものはなにひとつなく、質素倹約《しっそけんやく》を地《じ》でいく部屋だ。

きっと他国の王女たちは、もっと豪華な部屋に住んでいるのだろう。

木製の書き物机がひとつ。同じ木から作られた本棚がひとつ。使った記憶がほとんどない、質素な来客用の丸テーブルと椅子が三脚。家具と呼べるものはそれだけだ。

私はその殺風景な部屋を斜めに横切ると、室内の扉のドアノブを引いた。

こちらは寝室で、白いシーツがかけられた飾り気のないベッドが壁際に置かれている。やはり味気ない部屋だが、衣装戸棚と鏡台が、かろうじて女性らしいものと言えるかもしれない。

「結婚……ねえ」

ぽつりとつぶやく。

実は私専属の侍女が二人いるのだが、特に仕事がないので、ベッド横のサイドテーブルの上にある鈴を鳴らしたときだけ来ればいい、ということになっている。けれど鳴らしたことも、ほとんどない。できることは、なんでも自分でやってきた。

それが性に合っているのか、気楽でもあった。

別に豪華な部屋など欲しいとも思わない。

けれどエイゼンに行くのなら、そうも言っていられないのだろう。なんといっても、大国エイゼンの王子妃だ。

豪華な部屋と引き換えに、王子妃としての振る舞いが求められる。

「気が重い……」

私はベッドに歩み寄ると、ドサリとその上に倒れ込んだ。

◇

その日、私は国境近くまで馬に乗ってやってきていた。

「姫さま自ら、出迎えに来る必要ありますかねえ」

なにやら不服な様子で、ラーシュがそう訊いてくる。

「ジュリアン殿下にとって初めての国だ。不安だろうし、できれば私が案内して差し上げたい」

「姫さまがそれでいいならいいですけど」

ラーシュは馬上で肩をすくめてそう答えた。


婚姻についての詳細はまた後日、ということでその詳細を翌日の夕餉《ゆうげ》時に聞いたのだが、その内容は驚くべきものであった。

「え？　マッティアに来られるんですか？」

「ああ。ジュリアン殿下は国を出られ、こちらで生活なさる。公爵位を与える予定だから、マッティアの貴族として生きていくことになるな」

父が、夕餉のメインである赤ワインで煮込んだ猪《いのしし》肉をゆっくりと味わったあと、そう私に告げた。

ちなみに猪は、兄が狩ったものだ。兄は仕留《しと》めるのも上手《うま》いが、仕留めたあとの処理も手際がいい。結果、大変美味しい猪肉にありつける。もちろん料理長の腕のおかげもあるが、私や弟が処理をするのと兄がするのとでは、味に差が出るのだ。

兄も自分の仕事に満足しているのか、うんうんと小さくうなずきながら、猪肉を口に運んでいる。

悔しい。

ということは置いておいて。

つまり父の言《げん》によれば、私はマッティアから出ていかなくていいらしい。

なんと。それは私にとっては、非常にありがたい話である。

「まあ、大丈夫かしら」

しかし王妃である母が、白くすべらかな頬に手を当てて首を傾《かし》げる。

「エイゼンと我が国では、勝手がずいぶん違うと思うのだけれど」

不安げな声にハッとして、母の心配ももっともだと考え直した。

私がエイゼンに行くよりも、ジュリアン殿下がこちらに来るほうが、負担が大きいように思える。

国力が違うのだ。つまり生活水準も違う。同じ王族という身分とはいえ、おそらく今までの彼の価値観は、すべて捨てなければならなくなるだろう。

私は楽だと喜んでしまったが、ジュリアン殿下にしてみれば、私の苦労を引き受けるようなものかもしれない。

それならばせめて、マッティアでの生活を少しでも負担のないものにするように尽力しよう、と心の中で誓う。

ほう、と物憂げなため息をつきながら、母は続けた。

「わたくしも当初は苦労したものだわ」

母は、エイゼンほどの大国ではないとはいえ、他国の王女という立場にあった。ルーディラという国だが距離があるだけに、私にとっては特に身近というわけではない。

「母上は、エイゼンに行ったことは？」

そう尋《たず》ねると、母は首を横に振って、結われた金の髪を揺らした。

「ないわ。だってわたくしは箱入りだったもの」

なぜか誇らしげにそう答えてくる。

「それにルーディラからだと、マッティアよりもエイゼンのほうがもっと遠いわ。なかなか行く機会もなくて。だって、こちらに嫁ぐだけでも……もう……もう……本当に大変だったのよ！」

あ。愚痴《ぐち》が始まる。

父のほうに視線を向けると、すでに俯《うつむ》いてしまっていた。この話が始まると、父はひたすら謝るしかないのだ。

兄も弟も口を挟むことなどせず、黙々と食事を続けている。慣れたものだ。

「ルーディラからクラッセを経由したときに、途中、馬車道が整備されていないところも多々あって、そりゃあもう大変だったわ。それなのにようやくマッティアに到着したと思ったら、出迎えてくれたのは従者だけ。そこから崖道を通って入城したら、陛下は謁見室でふんぞり返っていたのよ！　なにが『お待ちしておりました』よ、せめて出迎えに来なさいな！」

「いやもう、それは……」

「思い出したら今でも腹が立つったら！　わたくしは忘れてはいませんからね！」

「あのときは、本当に申し訳なかったと……」

「ええ、ええ、陛下は何度でも謝ってくださいますわ。けれどどうしても思い出してしまいますの。そしてもう終わったことですから、いくら謝られても取り返せませんのよ」

母のその怒りを聞くと、いつも思う。

終わったことだと言うのならば、なぜいつまでもグチグチと言い続けるのだろう。

しかし、そんなことを口に出そうものなら、新たな火種となるのは目に見えている。なので、父はその日もまた縮こまって謝り続けていた。

もちろん私たち兄弟も黙ったままだ。

せっかくの美味しい猪肉が台無し……と言いたいところだが、兄が獲《と》ってきた猪肉は、どんなときでも美味しい。

いや、猪肉の味はさておき。

そうした母の話を聞いたあとに、父と同じように城で待つという選択肢はないだろう。だから私は、同じ過《あやま》ちを犯すまい、と国境近くまでお出迎えにやってきたのだ。

先触れの早馬が王城に到着したと同時に、決して遅れてはならないとすぐに出門した。どうやらジュリアン殿下よりも先に到着できたようで、ホッとしている。

母の入国時の不満は王城中の誰もが知っているので、当然ラーシュも知っている。彼は顔の前でひらひらと手を振りながら、軽い口調で私に話した。

「いやあ、王妃さまは特別ですよ。普通は王女だの王子だのという立場の人間が、自ら迎えに来るなんてないですって」

「そうかもしれないが」

「驚いちゃうんじゃないですか」

「そうだろうか」

けれど、父と同じ失敗をするよりは、驚かれるほうがマシではないかと思う。

するとラーシュは、あ、となにかに気付いたようで、小さな声を出した。

「そういや、出迎えるって先に文《ふみ》は送ったんだし、驚きはしないか」

いや、と口にしようとしたところで、にわかに街道の向こうが騒がしくなってきた。

ラーシュは目の上に手をかざして、遠くを見やる。

「おっ、ご到着みたいですね」

「ああ」

私は馬から降り、国境検問所の砦《とりで》の脇に立った。

砦とはいうが、小さく簡素な造りのものだ。崖に挟まれた街道上に隣国クラッセとの国境があるので、その崖を利用して、大きな木製の扉で街道を塞いでいる。

エイゼンの王子を迎えるということで、今はその扉も大きく開かれていた。

私も街道の向こうに目を凝《こ》らすと、いくつもの人影が近づいてくるのが見て取れる。

一台の黒い馬車を守るように騎兵が周りを固めているから、あの馬車にジュリアン殿下が乗っているのだろう。

その後ろにも、三台の荷馬車が続いている。

けれど大国エイゼンの王族の移動にしては、少々寂しい隊のような気がした。

私が振り返ってそう声をかけると、その場にいたマッティアの衛兵たちは下馬し、十人ずつ、両脇に等間隔できちんと並ぶ。

「さあ、並ぼう」

そうしているうちに馬車は検問所を抜け、そして兵士たちが作る列のちょうど真ん中あたりで止まった。

馬車からは、従者と思われる男性がまず降りてきた。

私はそちらに歩を進める。

なんと声をかけよう。

国境に接するこのサジェという街の入り口で出迎えるということは知らせたが、私が来るとは伝えていない。

天候によったり体調によったりで変更する可能性もあったからだ。文の行き来は遠方の国だけに時間がかかるものだし、その間にあちらもこちらも不測の事態が起きてもおかしくはない。

そして私が行くと報《しら》せないことによって、特に不都合があるとも思えなかった。

むしろ『行くと予告しておきながら行けなくなった』ときには、不誠実だと思われる恐れがある。母の怒りの原因となった『自らが出迎えに来なかった』よりも、それはまずい。

それならば、『出迎えに行くとは伝えなかったが、出迎えた』というのが一番いいだろう。

そしてどうやら、その一番いい状況を実現できたようである。

そんなわけなので、まずは名乗らなければな、などと考えをまとめる。

私は立ち止まると、開いたままの馬車の入り口に向かって頭を下げた。

「ジュリアン殿下、長の旅、お疲れさまでございました」

すると、馬車の扉がバタンと閉まる音がした。驚いて顔を上げると、開いていたはずの扉は閉まっている。

しばらくその扉を目を瞬《しばたた》かせて見つめていたが、視線を感じて振り向くと、先ほど馬車から降りてきた男性と目が合った。

こげ茶色の髪と瞳の、二十歳そこそこと思われる男性だ。細身の身体つきで、胸を張って立っている。ジュリアン殿下の従者なのだろう。

彼は不機嫌そうに軽く眉根を寄せ、そして口を開いた。

「失礼。仰《おっしゃ》られた通り、殿下は長旅でお疲れになっておいでです」

「ええ」

それはそうだろう。

「お出迎えは感謝いたします。しかしこのようなところでご挨拶《あいさつ》するよりも、まずは入城させていただきたいのですが」

きっぱりとそう告げられ、私はなるほど、とうなずく。

先ほどラーシュが言っていたように、やはり母は特別だったのだ。普通は国境なんて場所で、挨拶が必要な出迎えなど期待しないものなのだろう。

「しかし、ここから先はその馬車では難儀《なんぎ》するかと思います」

私はジュリアン殿下が乗っていると思われる、エイゼン王国の紋章である剣の意匠《いしょう》を施した馬車に視線を移して指摘した。

挨拶はともかく、乗り換えは必要だ。

「難儀？」

「王城への道は狭いので」

そう説明すると従者は、ああ、とうなずいた。

「ですからこちらの馬車にどうぞ」

私がマッティア王国の紋章である、馬の意匠を施した馬車を指し示すと、エイゼンの従者はそれを一瞥《いちべつ》し、小さく落胆のため息をついた。

私の後ろに控えているラーシュの気配が、どんどんと剣呑《けんのん》なものに変わっていくのを背中で感じる。

しかし私がなにも言わないので、彼も口を開かない。

残念ながら、国力の違いをそのまま表しているかのように、かの国のものと比べるとこちらの用意した馬車は、明らかに見劣りしていた。私の部屋と同じように、質素倹約を地でいく馬車だ。無駄な装飾など一切ない。

とはいえジュリアン殿下がお疲れだというのなら、従者が言う通り、こんなところで挨拶などしている場合でもないいし、文句を口にしている場合でもない。

とにかく早く入城していただくことを考えなければ。

それに見劣りはしても、我が国の馬車は当然、我が国の事情に適しているのだ。細い崖道を通るのにも小型で余裕があるし、丈夫でもある。乗り心地は決して悪くないはずだ。

従者もそれはわかるのか、特に意見をすることなく、ジュリアン殿下が乗っている馬車のほうに向かう。

「殿下。こちらで馬車のお乗り換えを」

「わかった」

少年の声が、馬車の中から聞こえた。

従者が再び恭《うやうや》しく開く扉から、少し腰を屈めてその少年は姿を現した。

金色に輝く、癖のある短い巻き毛。新緑色の瞳の大きな目を長い睫《まつ》毛《げ》が縁取《ふちど》っている。まだあどけない顔立ちの少年ではあるが、その表情に幼さはあまり感じられなかった。

背筋を伸ばして立ち上がると、私よりも頭ひとつ分低い背丈だとわかるが、均整が取れた体軀《たいく》は、小さいと感じない。

なるほど、大国の王子ともなると、子どもであっても堂々としたものだ。

彼はこちらを振り向くと、尋ねてきた。

「乗り換えというのは」

「あ、こちらの馬車に」

思わず、じっと見つめてしまっていた。不躾《ぶしつけ》だと思われたかもしれない。

その無礼を取り繕うかのように、私は慌てて馬車を手のひらで指し示す。

王子は軽くうなずくと、馬車に向かって歩を進め、そして乗り込んだ。

私が同乗するため、彼に続いて馬車に乗ろうと足を動かしかけたそのときだ。

ため息交じりの声に呼び止められた。先ほどの従者だ。

「馬車内の護衛も世話もけっこうです。私どもでやりますから」

「えっ」

私は思いもよらぬ言葉をかけられ、そちらを振り返る。

護衛のつもりも、世話を焼くつもりもないのだが。

単純に、私がいたほうが入城するのに都合がいいだろうし、できれば馬車内で挨拶や案内もして差し上げたい。

しかし従者は私を押しのけるように馬車に乗り込み、そしてバタンと扉を閉めてしまった。

呆然《ぼうぜん》とそれを見つめていると、御者《ぎょしゃ》が不安げな表情をして私に視線を向けていることに気付く。

「……ああ、出してくれ」

「かしこまりました」

御者は私の指示に首肯して、手綱《たづな》を握り、馬車を出発させた。

私は仕方なく、乗ってきた馬に戻る。馬は従者に連れて帰ってもらうつもりだったが、帰り道でも役に立ってくれそうだ。

「なんなんですか、あれ！」

馬車が見えなくなるまで見送ってから、ラーシュが怒り心頭、という感じで声を荒らげた。

「ああ、腹の立つ！　いくら大国だからって、こっちの王女を蔑《ないがし》ろにしていいって話はないでしょう！」

「いやまあ、お疲れだっただろうから」

王子ももちろん疲れていただろうが、従者のほうも疲れていたに違いない。疲労が溜まっているときには、周りに気を配る余裕などなくなるものだ。少々不機嫌であるのは仕方ない。いちいち腹を立てることでもないだろう。

そうラーシュを宥《なだ》めていると、衛兵の一人が、おずおずと手を挙げて話しかけてくる。

「あのう、姫さま」

「ん？」

「姫さま、ご自分が王女だって名乗られました？」

「え？」

私は顎に手を当て考えてみる。

そう言われてみれば。

「名乗る暇がなかったから名乗ってないな……」

まずは名乗ろう、と思っていたのに。

「たぶん、騎士かなにかだと思われたんですよ。そんな格好だし」

私はラーシュと顔を見合わせる。それから自分の服装を見下ろした。

馬に乗ってきたので、私は乗馬服を着用していた。シンプルな襟付きの白いシャツに黒のパンツを穿《は》いて、紺地の地味なベストを着ている。

衛兵の彼は続ける。

「エイゼンでは王女さまって、ドレスを着ているものなんじゃないですか」

「……なるほど」

私が馬車に乗ると、御者も気を使って丁寧になるぶん、馬車の速度も落ちる。そのため、行きは急いでいたし馬のほうがいいだろうと、自分の馬に乗って来たのだが。

そしてそのことを家族も従者も誰一人として止めなかったので、なんとも思わなかったのだが。

どうやら初っ端から、エイゼンでは考えられないようなことをしでかしてしまったらしい。

「いいや！　それにしても、あの態度はないですよ！」

ラーシュはやっぱり、まだ憤慨《ふんがい》していた。

◇

そういうわけで私は城に戻ると、ドレスに着替えることにした。

ほとんど着用したことがないので、一人で素早く着るのは無理だと判断して、滅多《めった》に鳴らしたことがないベルを手に取る。

するとベルを一回振ると同時にバタバタと侍女が二人で入室してきたかと思うと、衣装戸棚を開き、迷わず光沢のある紅紫色の細身のドレスと銀のアクセサリーを手に取り、鏡台の前に立たされた。

「そうですよねえ、エイゼンの王子さまを出迎えるんですものねえ」

「なのにいつも通りに乗馬服を着ていらっしゃって、でも誰もなにも指摘しないし、そんなものかと納得してしまって」

「それでもやっぱり普通は、外で出迎えるにしたって、デイドレスくらいは着るんじゃないかなと思っていたんですよ」

侍女たちはなにやら納得したように、うんうんとうなずいている。

どうやら、そんなこともあろうかと待機していたらしい。

「この型でしたら、すぐに着られますから」

「レースが施されていたら、急ぐと破いてしまいかねませんし」

「シンプルですけれど、色が映《は》えるから華やかですよ」

なるほど、あれこれ考えながら待っていてくれたのか。ありがたいことだ。

「姫さまがドレスだなんて、どれくらいぶりかしら」

「三月《みつき》くらい？」

「あれは侯爵家のお嬢さまの誕生日だったから、四月《よつき》ね」

黙り込む私とは対照的に、二人ははしゃいだ声で喋《しゃべ》り続けている。それでも手が止まらないのはさすがだ。

久しぶりのドレスを身に着け、髪を結い、化粧を施され、かろうじて王女らしい姿になる。

「さあ、参りましょう。エイゼンの王子殿下は謁見室に向かわれたということですから、急がないと」

そうして私は、婚約者となる王子さまが待つ部屋へと足を進めた。

謁見室にたどり着くと、目の前で侍女たちが扉を開ける。玉座の近くにある扉だ。

私は楚々《そそ》とした所作を心がけながら、中に足を踏み入れる。というか、ドレスは動きにくいので楚々とするしかない。

「お待たせして申し訳ありません。マッティア王国第一王女、カリーナにございます」

背後で扉が閉まると同時に、私は右足を後ろに引き、淑女の礼をとる。

顔を上げると、その場にいた者たちから注目されているのがわかった。

玉座には父、その隣に母、兄と弟は父の横あたりで起立している。衛兵たちが何人か壁際にいて、その中にはすでにラーシュが紛れ込んでいた。

玉座から伸びるように敷かれた深紅の絨毯の上に、金の髪の王子殿下、そしてその斜め後ろにあの従者が立っている。

大国エイゼンの王子が、小国マッティアの王に謁見しているようなこの状況には、なんとなく奇妙な感覚を覚える。

けれど、どんな小国であろうとも、父は国王なのだ。大国の王子であっても、この国にいる以上は、父のほうが立場は上だ。

それならこれでいいんだな、と心の中で納得する。

ならば私は母の隣に行こう、と玉座の後ろ側に回ろうとしたところで。

「……王女殿下？」

ぼそりとつぶやかれた言葉が耳に入る。

声がしたほうに視線を向けると、ぽかんと口を開けた従者の顔が見えた。

みるみるうちに、従者の顔色が蒼白になっていく。

血の気が引く、というのを目の当たりにすることがあろうとは、思ってもみなかった。

「も、申し訳ありません！」

従者はガバッと頭を下げると、慌てたように早口で謝罪する。

「まさか王女殿下、御自《おんみずか》らお出迎えに来てくださるとは思いもしませんで、大変ご無礼なことを！」

彼はそのままの姿勢で動こうとしない。

いやまあ、そんなことだろうとは……自国の衛兵に指摘されて初めて気付いたわけだが。

「ああ、構いません。気にしておりませんし」

私はそう声をかけたが、従者は顔を上げない。

困ったな。そこまで恐縮されることでもないのだが。

壁際のラーシュが目に入ったが、彼は嬉しそうにニヤニヤと笑っている。まったく、趣味の悪い。

知らない間になにかあったのかと、父も母も兄弟も、首を捻っている。

どう説明してどう収めようかと考えていると、事の成り行きを見守っていた、王子殿下が口を開いた。

「カリーナ王女殿下。私の従者も、そして私自身も、大変失礼をいたしました」

そうゆったりとした口調で謝罪すると、ジュリアン殿下は頭を下げた。

「殿下……！」

それを見ていた従者は慌てふためいている。

「殿下が頭を下げるようなことではありません。私めの不徳のいたすところです！」

「いや、私も気が利かなかったし、それにお前は私の従者だ。お前になにか落ち度があったというのなら、それは私の落ち度なんだ」

「殿下……」

従者は今にも泣きそうである。

二人のやり取りは形式ばっていて、ともすると芝居じみても見えてくる。

見ようによっては、こちらの温情を狙っての演技ともとれるかもしれない。でも私には、二人が心の底から謝罪していることが伝わってきた。

すると、はっはっは、という豪快な笑い声が響く。

「いやいや、お二人とも、頭を上げなさい」

父だった。

なぜか少々浮かれているように見える。

マッティア国王の言葉に従わないわけにもいかないのか、二人はゆっくりと顔を上げた。

父は口の端を上げ、愉快そうに話し出した。

「カリーナは見ての通り、少々跳ねっ返りでしてな。いやこのマッティアにおいては、そのほうがいいのだが」

そして苦笑交じりに続けた。

「普通なら、王族が自ら出迎えになど行かぬだろうから、勘違いされても致し方ないでしょうしな」

なるほど、浮かれている原因はこれか。

隣に座る母がそれを聞いて、少し口を尖らせている。

どうなっても知りませんよ。今はよくても、あとから癇癪《かんしゃく》を起こされるのは間違いない。

父はどうにも、母に対する学習能力が足りない、と思う。

「お疲れでしょう。今日のところはゆるりとしていらして。食事も部屋に運ばせます。また明日にでも会食のお時間をいただけると嬉しく思いますわ」

と母が労《ねぎら》い、

「お気遣いに感謝いたします」

とジュリアン殿下がまた頭を下げた。

そうして挨拶が終わると、二人は侍女に案内されて、謁見室を退室していく。

そういうわけでせっかく着たドレスは、あっという間に役目を終えた。こんなことなら乗馬服のまで謁見室に来てもよかったかと、ため息を漏らす。

「で？　カリーナ、なにがあったんだ？」

兄がこちらに問うてきたので、事の次第をそのまま語った。

「お疲れもあったのでしょう。多少苛立《いらだ》たれるのも致し方ないかと」

私がそう付け加えると、兄は軽く肩をすくめる。

「カリーナがそう言うなら、問題はないが」

「でも、相手が誰であれ、そういうのはよくないと思います」

弟が少し憤慨した様子で意見する。可愛い。

「いや、却《かえ》ってよかったかもしれないぞ」

父が肘置きに頬杖をついて、にやりと笑った。

「第七王子とはいえ、やはり大国の王子殿下だからな。これでこちらをそう軽く見ることはないだろう」

弱みを握ってやった、というところだろうか。

なるほど最初の従者の態度は、マッティア側を軽く見ていた、と思えるものではあった。

「まあ、あんなに幼い王子殿下に、そんな意地悪なことを仰らなくても」

母が父の発言に眉根を寄せる。

先ほどの父の逆襲に対する怒りも含まれている気がする。

「それに、今はまだお連れになった侍女や衛兵たちも仕《つか》えているけれど、近々帰国するとか。お寂しいでしょうし、温かい目で見てあげてはどうかしら。結局ここに残るのは、あの従者だけなのでしょう？」

「えっ、そうなのですか」

確かに、大国の王子にしては寂しい隊だ、とは感じた。けれど長旅でもあるし、必要最低限の人数で入国したのかも、と考えていたのに。

その数少ない、王子の馬車を守るように囲んでいた騎兵たちも、王子の世話をしていたのであろう侍女たちも、皆帰ってしまうのか。

「ええ、そうよ。あの従者……マルセルという名前だったかしら、彼はジュリアン殿下の騎士だから、ずっと付き従うそうだけど」

「へえ……」

ではジュリアン殿下は、あの年齢で、家族とも、おそらくいたであろう親しい者たちとも離れ、このマッティアにやってきたということか。

それはあのマルセルという従者も同じこと。

ならば、あの程度の苛立ちは受け入れて差し上げるべきではないだろうか、と思った。

◇

そのあと夕餉を終え、ラーシュを従えて自室に戻ろうと食堂を出たところに、マルセルが一人で立っていた。

そしてこちらに身体を向けて、深々と頭を下げてくる。

「騎士殿」

顔を上げた彼は私ではなく、ラーシュに話しかける。

ラーシュは「えっ、俺？」と自分で自分を指差した。マルセルは軽く一度うなずいて、口を開いた。

「先ほどの無礼について王女殿下に再度、謝罪を申し上げたいのですが、よろしいでしょうか」

「はい？」

「王女殿下の許可を」

ラーシュは訳がわからない、という顔をしてこちらを振り向いた。

この距離で。目の前に私がいるというのに。先に騎士に許可を取る。

なるほど、大国には私の知らぬ面倒くさい流儀というものがあるらしい。

私がラーシュに向かって首肯すると、彼はおずおずとマルセルに話しかけた。

「ええと、姫さまは構わないと……仰られております……？」

そのおぼつかない返答に、マルセルはほっと胸を撫で下ろした。

「感謝申し上げます」

そうしてまたしても深々と頭を下げた。

なんとまどろっこしいやり取りなのだろう。エイゼンではいつもこんなことをしているのだろうか。

やはり私はエイゼンについて、知らなすぎるようだ。

そしてこの目の前のマルセルも、マッティアについてわからないことがたくさんあるはずだ。

マルセルは頭を下げたまま、滔々《とうとう》と述べていく。

「王女殿下には、せっかく国境まで出向いていただきましたのに、私の態度で大変ご不快な思いをさせたかと存じます」

「そんなことは」

「すべては私の未熟さゆえのことです」

「いや」

「いえ、仮に出迎えてくださったのが王女殿下でなくとも、誰であっても、あのような応対は許されることではありません」

「そう……ですか」

「お許しいただきたいとはとても申し上げられません」

「そんな」

「それでもただ、ジュリアン殿下にはなんの罪もないことを、ご理解いただければ幸いです」

「それはもう」

「だからといって、私の無礼がなかったことになるとは思いません」

これは相槌《あいづち》を打っているだけではいつまで経《た》っても終わらないのでは、という気がしてきた。

ラーシュのほうを見ると、困惑の表情を浮かべている。あれだけ憤慨していた彼でも、これは気にしすぎでは、と感じているのだろう。

「マルセル殿、どうか顔を上げていただきたい」

私がそう声をかけると、彼はおずおずと視線だけを先に上げてきた。

「謝罪は十分に受け取りました。もうこの話は終わったことです。私も、私の騎士も、怒ってはいません」

「しかし」

「終わったことと言いました」

私が強い口調でそう告げると、マルセルはまた礼をする。

こんな形式ばったことを、なにかあるたびに、毎度毎度されるのだろうか。

「あの、マルセル殿」

「なんでございましょう」

「ここはエイゼンではありません」

私のその言葉に、彼の身体がぴくりと揺れた。

「マッティアは小さな国だからか、主従関係はわりと緩いものなのです。人間なのだから、疲れから苛立つこともあるでしょう。それにいちいち目くじらを立てたりはしません。一度、謝罪して、それに許すと返せば、それで終わりです。なっ、ラーシュ」

名を呼びながら振り向くと、ラーシュは「まあ、ねえ」とつぶやきながら、右手で自分の左肩を揉んだ。

「堅っ苦しいことはないですよ。俺もよく怒られるけど、謝ったら終わりかなあ」

「そういうことです」

マルセルは私たち二人を見つめて、何度か目を瞬かせてから、安心したように頬を緩めた。

「それは、国の大きさとかは関係なく、大らかな気質の国ということでしょう。それに、王女殿下のお人柄でもある」

彼の発言は、世辞ではなく、心からの言葉のように思えた。

他国からやってきて、知らない人だらけのところで気を張っていたのだろう。少しばかり緊張も解けた表情を見せてくれて、私のほうもホッと安堵する。

「今度から、私に用があるときは直接声をかけてください」

その提案にマルセルは、不安げにラーシュに視線を向けたが、彼がうなずくと納得したようだった。

「では、そのようにさせていただきます」

マルセルの穏やかな声を聞いていると、こちらが普段の彼で、出迎え時の刺々《とげとげ》しい口調はやはり疲れて苛立ちが隠せなかっただけなのだと思えた。

「やはり、長旅は疲れたでしょう」

「それは、そうですね」

「それでは心穏やかにできないのも仕方ないことかと」

私が彼の代わりにそう弁明すると、マルセルは少し目を伏せた。

「……そうですね」

それから弱々しく笑みを浮かべる。

「そう仰っていただけると」

なんだろう。

否定はしなかったけれど、言葉とは裏腹に、私の発言に同意はできなかったような雰囲気だ。彼の憤懣《ふんまん》は、疲れから来るものではなかったのか。

では彼は、いったいなにに苛立っていたのだろう。

◆意外な表情を見ました

　その翌日の夕餉は、ジュリアン殿下との会食だった。

　いつもの食堂で、いつものように家族で集まり、テーブルを囲む。それにジュリアン殿下が交ざっている形だ。

　けれど食堂で国王一家が揃って食事をする、というのが彼にとっては信じられないことだったようだ。

「賑《にぎ》やかにお食事されるのですね」

　そう驚いたように口にしたあと、にっこりと笑う。

「もしかすると、静かに食事をしたかったでしょうか」

　兄が不安げに尋ねると、彼は慌てたように、手を顔の前で振った。

「いえっ、そんなことは。家族と食事をすることはほとんどなかったので、楽しいです」

「ほとんどなかった？」

　私には、そのほうが驚きだ。

「はい、エイゼンでは、食事というものは家族とではなく、自分の助けをしてくれる貴族たちとするものです」

　要は、接待を受けたり接待したりということか。

　もちろん私たちにもそういう機会はあるが、普段は家族と食事をする。

「でも今日は顔合わせの会食ですから、似たようなものかもしれませんわ」

ほほ、と笑いながら母が答える。

ちなみに昨晩は、母の怒号が国王夫妻の居室の外まで響き渡っていたらしい。すっきりしたのか、今は少々ご機嫌だ。

それに加えて、今日は食堂内の様子がいつもと違うから気分がいいのかもしれない。

普段は給仕人や侍女たちが数人しか付かないのに、今はやけに人が集まっている。

給仕人はエイゼンの王子殿下がいらっしゃるということで張り切っているし、粗相《そそう》のないようにと何人もの侍女も控えている。食卓の上も、花やら燭台《しょくだい》やらで、いつもよりも豪華に飾りつけられていた。

それから、ジュリアン殿下の食事を見守るようにマルセルが後方に控えているのを見て、いつもは食堂の外で待機している騎士たちも食堂内に入っている。

張り合っているつもりなのか、ラーシュもいつもの気が抜けたような感じではなくて、ぴしりと背筋を伸ばして立っていた。

ジュリアン殿下はこれがいつもの食事風景と思うかもしれないが、私たちとしてはかなり気合いが入っているのだ。

父も母も兄も弟も、いつもよりも上等な装いだし、私も今日はドレスを着せられている。

『家族でのお食事にあまり華美なものもおかしいですよね』

と侍女たちが見繕ってくれたドレスは、紺色の生地に新緑色の糸で、木蔦《きづた》が裾や袖に刺繡《ししゅう》されたものだ。手は込んでいるが派手さはなく、上品な雰囲気を醸《かも》し出している。

やはり侍女たちに任せてよかった、と私は感心してしまった。

ただ、ソースを飛ばして汚しはしないかと少し心配ではある。

「昨日は少々、落ち着きませんでしたものね、自己紹介をしましょう」

母は食卓を見回して、明るい声でそう提案した。皆、異論はないのかうなずいている。

そうして私がソースを飛ばさないようにと恐る恐るフォークを扱っている間に、自己紹介は始まった。

まずは、今日の主役ともいえるジュリアン殿下から始まった。

「では改めまして、私から。マッティア国王グスタフ陛下、並びに王妃イーリス殿下。私はエイゼン第七王子、ジュリアンです。これからお世話になります。よろしくお願いします」

ジュリアン殿下はおよそ十歳とは思えぬ落ち着いた口調と態度で、淀みなくそう述べた。

父と母は目を細め、微笑みとともに軽くうなずく。

次に兄が、母似の金の髪と青い瞳を輝かせ、胸に手を当てて口元に弧《こ》を描く。

城の侍女たちは兄を見かけるたびに、きゃあきゃあとはしゃいでいるが、躊躇《ためら》いなく獲物に鉈《なた》を振るう様《さま》を見てもなにも思わないのか、常々疑問である。

「私はマッティア王国王太子、コンラードです。なにか不都合があれば遠慮なく私にでも仰ってください。善処しましょう」

「よろしくお願いします」

兄の自己紹介が終わると、皆の視線が私に集まってきた。

私は慌てて口に入っていた人参のグラッセを噛んで飲み込むと、ジュリアン殿下のほうに向き直った。

「第一王女、カリーナです。その……」

私があなたの婚約者となる女です、と自己紹介するべきなのかどうなのか悩んでいる間に、ジュリアン殿下が先に口を開いた。

「私の婚約者がこんなに素敵な女性で嬉しいです」

にこにこと笑顔でそう褒めてくる。

それは本音か？　と訊き返したくなるような、演技がかった流れるような口調だった。

「あ、あの、ジュリアン殿下」

そこで弟のエリオットが思い切ったように声を上げた。まっすぐな明るい茶髪と、兄と同じ青い瞳の弟は、大きくなったら兄のようにきゃあきゃあと騒がれるようになると思う。

ジュリアン殿下がエリオットのほうを向くのと同時に、弟は身を乗り出すようにして、口を開く。

「ぼ、僕は第二王子のエリオットです。ジュリアン殿下と同じ十歳です」

「はい、聞き及んでおります。よろしくお願いします」

懸命に言葉を紡《つむ》ぐエリオットとは対照的に、ジュリアン殿下は落ち着いた様子で返している。

「あの、同い年ですし、仲良くしてくださいね」

エリオットはそう挨拶を終えると、ほっとしたように胸を撫で下ろした。どうやら言いたかったことはちゃんと言えたらしい。可愛い。

「私も仲良くしていただけると嬉しいと思っていました」

またしてもジュリアン殿下は淀みなくそう返事する。

もちろん、嘘というわけではないのだろう。

けれどこれが本当に十歳の男の子の態度なのだろうか。近くにいるだけに、子どもらしさのあるエリオットとの差が浮き彫りになる。

感情が、まるで読めない。

大国の王子として生まれ育つと、こうなってしまうのだろうか。

無理をしているのでなければいいのだが、と私の胸にぽつんと不安が生まれる。

それからも和《なご》やかに食事は進み、最後にデザートとして、クルミの入ったバターケーキが出された。たっぷりの生クリームが添えられていて美味しそうだ。

「わあ」

エリオットが目の前に出されたケーキを見て、嬉しそうな声を上げる。可愛い。

弟はニコニコしながら、フォークでケーキを口に運んでいる。そして味わうように口をモグモグと動かし、瞳を輝かせていた。

これは弟の好物なのだ。きっと料理長は、ジュリアン殿下がエリオットと同い年だから似たものが好きなのではないかと推測して、用意したのだろう。

さて料理長の予想は当たったのだろうか、とジュリアン殿下のほうに視線を移してみると。

彼は、落ち着いた様子で先ほどまでと同じく、行儀よくフォークを扱い、そしてケーキを口に入れた。

それからわずかな間、動きを止めたあと、じわじわとエリオットと同じように瞳を輝かせていく。

そして嬉しそうに、二口目、三口目と味わっていた。

これはなかなか意外な表情だ。

そんなジュリアン殿下を見ていると、やっぱり弟と同じように、甘いケーキに喜ぶ子どもなのだな、とついさっき生まれた不安が、安心感に変化していく。

すべてを食したジュリアン殿下は満足そうに顔を上げる。そして。

私とバッチリと目が合った。

いけない、初めて会ったときと同じく、またもまじまじと見つめてしまった。

私が心の中でそう反省していると、彼は、見てわかるほどに頬を紅潮させていく。

見られていたことが恥ずかしかったのだろう。申し訳ないことをしてしまった。

今さらではあるが、せめて見なかったふりをしておこう、と私はなるべく自然に目を逸《そ》らす。

けれどそのあとどうしても、気分を害していないか気になってしまって、チラリとジュリアン殿下のほうを横目で窺《うかが》ってみると、彼は澄ました様子で紅茶のカップを口に運んでいた。

元の完璧王子に戻ってしまった。

勝手ではあるが、なんだかガッカリしてしまう。

でも彼の中に子どもらしさや人間味というものが感じられて、少しだけ、心は軽くなった。

◇

それから数日後。エイゼンからやってきた人たちは、本当にジュリアン殿下を残して、マルセル以外は全員、帰国の途《と》に就いた。

彼らが城を出ていき、そして見えなくなるまで、ジュリアン殿下はずっと背筋を伸ばしたまま、その光景を見つめていた。

◇年下王子の胸の内　～涙を隠して～

　どうしてこんなことになってしまったのだろう。

　私は与えられた部屋に戻ると、テーブルセットのソファにぐったりと座り込んだ。

　部屋には二人の侍女が控えていた。エイゼンからついてきた者たちはついさっき帰ってしまったので、見知らぬ顔の者しかいなくて、なんとなく落ち着かない。

「お疲れでしょう」

　マルセルにそう声をかけられて、視線をそちらに向ける。彼は眉尻を下げて、こちらを窺うように見つめていた。

「うん、さすがに疲れた」

　苦笑交じりにそう返すと、彼は小さくうなずく。

「では横になられてはいかがでしょう」

「そうだね……。少し、一人になりたいかな。考えたいこともあるし」

　マルセルは私の発言になにも問い返すことなく、素直に了承した。

「ではごゆっくりなさってくださいませ。私はお水を新鮮なものに替えてきます」

「別にいいのに」

「いいえ、この国のお水は山が多いせいか美味しいです。せっかくですから、堪能しましょう」

　冗談めかして話すその内容に、薄く笑みを浮かべる。

「じゃあ、お願いしよう」

私の返事にマルセルは頭を下げて、二人いた侍女に声をかけると、一緒に部屋を出ていく。マルセルと同時に追い出した形だから、彼女らも不満には思わないだろう。

パタンと扉が閉まると、しんとした静寂が訪れる。せっかくだからと靴を脱ぎ、シャツの首元のボタンを外し、ぼうっと室内を眺める。

エイゼンから、荷物はあまり持ってきていない。日々の着替えや、よく読んでいる本や、母の小さな肖像画や形見のアクセサリーくらいだ。

エイゼンの私室に比べると小さな部屋だ。けれど見たところ、きちんと手入れはされているし、暮らしていくのに不便はなさそうに思える。

それに、毎日の食事の様子からしても、マッティアの王族たちからは歓迎されているように感じた。きっと上手くやっていける。

いや、マッティアからすれば、大国であるエイゼンとの繋がりは歓迎するだろう。私と上手くやろうとするのは当たり前か。

気の毒なのは、あの、妻となる予定の王女だ。彼女にとっては、寝耳に水の話だっただろう。やってきたのがこんな子どもでガッカリしたかもしれない。

先日、ケーキを喜んで食べているのを、じっと見られていたし……こんな子どもが夫で大丈夫かと思ったに違いない。だってすごく美味しかったんだ。つい気が抜けてしまうほどに。情けないし恥ずかしい。次からは気を付けなければ。

カリーナ王女は、スラリと背が高く、艶やかな黒髪と、意志の強そうな赤みがかった茶色い瞳の綺《き》麗《れい》な女性だ。私との政略結婚の話が湧いて出なければ、もっといい縁談があったかもしれないのに。

しかしマッティア王国の王女という立場の人間が、エイゼンの王子との結婚に対して不満をあらわにするわけがない。当然、そんなことはおくびにも出してはいなかった。出迎え時に失礼な態度を取ってしまってもだ。

もし気に入らないと思っているとして、それを表情に出されたら、……そんなの私のせいじゃない、と本音をぶつけてしまいたくなるかもしれない。これも、注意しなければいけないことだ。

王女の冷めた表情を思い浮かべながらそんなことを考えているうち、じわりと視界が滲《にじ》んだ。私は慌てて手近にあったクッションを顔に押し付ける。

がんばったのに。

なんにも状況は変わらず、私はあの国から追い出された。

この世の中に、自分一人しかいないような気がしてくる。誰からも必要とされていない恐怖が胸の中に満ちてくる。

エイゼンを発つとき、誰も私を引き留めはしなかった。

そしてマッティアに来てからも、かろうじてマルセル一人だけ、マッティアにともに留まることが許されたが、他の従者は皆、帰国してしまった。

マルセルのことだけは大事にしよう。彼さえいれば、独りぼっちは避けられる。「どうしてジュリアン殿下がこんなことに」と憤慨していた彼を、一人が怖いからと生まれ故郷から連れ出してしまった。私一人だけでマッティアに残る、と辞退すればよかったのに、どうしてもできなかった。そのことを申し訳ないと思うけれど、せめて大切にすることで報いていきたい。

だから、マルセルがこの部屋に戻ってくる前に、この涙を止めなければならない。彼にこれ以上心配をかけてはいけない。

それに、王子たる者、誰かに弱みを見せるなど、あってはならないことなのだ。

◆親睦を深めました

エイゼンの者たちが去ってしまったあと。

城の中はバタバタと騒がしかった。

もちろん滞在は短期間だったし、彼らが残していったものもほとんどないが、侍女や侍従たちは城内を完全に元に戻すために奔走《ほんそう》している。

私が歩き回っていると邪魔な気がして、図書室でマッティアの地図とにらめっこしながら、ジュリアン殿下を案内する場所を考えていた。

やはり、このマッティアに慣れていただくことが最優先だと思ったからだ。どこかにお連れして差し上げたい。

そしてできれば、この国にいい印象を持ってもらいたい。

「と言っても、どこがいいのだろうな」

渓谷だらけの我が国に、ジュリアン殿下が喜ぶ場所があるだろうか。

城下に下りて、国内では評判のいい店などに行っても、文化的にも経済的にも、マッティアよりも発展しているエイゼンのものとは比べものにならないかもしれない。

却って、やっぱりこんなところは嫌だと思われては、こちらとしてもつらい。

「どこでもいいんじゃないですか？」

私が頁《ページ》を繰《く》っているのを見ていたラーシュは、面倒そうにそう声をかけてくる。

「どこでも、というわけにはいかないだろう」

「どんな場所だってエイゼンの王子さまにとっては、新鮮だと思いますよ」

「そうかもしれないが」

「それに」

「それに？」

「あの王子さまなら、どこだって『いいところですね』って褒めますよ」

ラーシュは、両の手のひらを上に向けて肩をすくめる。

多少、皮肉めいた言葉だった。

確かにそんな世辞を口にしそうな気がする。ジュリアン殿下は、いついかなるときでも、とにかく波風を立てないようにとそつなく立ち回っているように見えるのだ。

それはもちろん、王子という立場の人間としてはいい心がけではあるのだと思う。それに、マッティアに入国したばかりで自由気ままに振る舞えというのも無理があるだろう。

けれど彼はこれからの人生を、ずっとこの国で過ごすのだ。

少しずつでも、彼の趣味嗜好や、得手不得手《えてふえて》や、その考え方というものを知っていきたい。

ジュリアン殿下を支えるべき立場の私としては、やはり彼の望むものは知っておくべきではないだろうか。

「取っかかりとして、なんでもいいから好きなものとか知りたいのだが」

政略結婚をするとなったときに、エイゼン側から釣書《つりがき》のようなものは受け取った。

しかし、生まれ年だとか亡くなった母親の名前だとか血筋だとか、そんなものしか書かれていなかった。

今の私が知りたいのは、そういうことではないのだ。

「じゃあ訊けばいいんじゃないですか」

ラーシュがおざなりにそう提案してくる。

「そうだな。本人に訊きに行こう」

善は急げと、私は席から立ち上がった。そして本を棚に戻すとさっさと図書室をあとにする。ラーシュももちろんついてきた。

「まさか本当に訊きに行くとは」

私に付き従って歩きながら、ラーシュがブツブツと零《こぼ》している。

「え？　本当にってどういうことだ」

「別に」

ラーシュは短くそう答えると、口を噤《つぐ》む。

そんな彼の態度を怪訝《けげん》に思いながらも、ジュリアン殿下の部屋に向かっていると。

その手前で、マルセルが水差しを乗せたトレイを持って、ウロウロしているのが目に入った。

殿下の部屋の前から少し離れたところにいるが、だからといってどこかに行こうとしているわけでもない。

どう考えても、手に持った水差しを部屋の中に置きたいのだが、扉を開けられないという感じがする。両手が塞がっているからか。

私はそちらに向かって足を進めながら問いかける。

「開けましょうか？」

私の声が耳に入ったマルセルは、はっとしたように顔を上げると、ジュリアン殿下の部屋の扉と私たちを見比べたあと、こちらに身体を向けた。

「いえ、大丈夫です。王女殿下にそんなことはさせられませんし、別に片手でも開けられますし」

マルセルは慌てたように、けれど小声で言い募った。

そして彼はこちらを向いたまま、じりじりとジュリアン殿下の部屋のほうに後ずさっていく。

なんだろう、様子がおかしい。

首を捻りながらも私は、願い出てみる。

「実は、ジュリアン殿下とお話しさせていただきたいのですが、いらっしゃるでしょうか」

「あっ、今は……」

マルセルはそう言い淀む。

そもそも、入国されたばかりのジュリアン殿下には行くところはないはずだし、勝手に城を出ることもできないので、一応訊いてみただけだ。

それにマルセルがここにいるということは、部屋の中にいるはずだし。

しかし都合が悪いということは。

「もしや、お休みになっておられる？」

そう尋ねると、マルセルは安堵したように、コクコクとうなずいた。

なるほど。だから小声なのか。

「ええ、お疲れのご様子でしたので」

「そうですか。では出直しましょう」

私も合わせて小声で答える。するとマルセルが安心したのか身体の力を抜いたのが、わかった。

「差し出がましいかもしれませんが」

「はっ、はい」

しかし立ち去ることなく続けて話しかけると、彼の肩が跳ねる。

「誰か侍女にでも頼むといいかと」

私は水差しを指差して、そう提案した。

「あっ、はい」

「マルセル殿もお疲れでしょう。殿下がお休みならば、マルセル殿も一緒に休んではどうでしょうか。心配なら衛兵を呼べばいいですし」

「あ、ああ……いえ、大丈夫です。どうぞお気遣いなく」

硬い声音でそう返してくる。

どうも先ほどから様子がおかしい。

エイゼンの者たちは帰っていった。そのためジュリアン殿下のお世話には、こちらの侍女や侍従が割り振られたはずなのだ。

だからマルセルが水差しの用意をすることもない。誰かに言付ければいい。

もしや、マッティア側の人間が信用できないのだろうか。

「念のためお伺いしますが」

「な、なんでしょうか」

「なにか不都合があったでしょうか」

「いえ、そんなことは」

ふるふると首を横に振る。

けれどその否定を、無条件に信じることはできなかった。

「不都合があれば、遠慮なく申し出てください。我々としては歓迎してはいるのですが、やはりエイゼンは豊かな国ですから、マッティアでは暮らしにくいと感じられることも多々あろうかと思います。指摘していただければ、善処します」

「いや、本当に」

マルセルは頑《かたく》なに固辞してくる。

すると私の背後から、小さなため息が聞こえた。

「姫さま、こう言ってるんですから、ここは引きましょうよ」

ラーシュが私にそう声をかけてくる。

「え？　でも」

「俺の目からは、姫さまが無理強いしているように見えます」

「そうか……」

そんなつもりはなかったのだが、ラーシュが言うならそうなのだろう。

では話をするのはまた改めて、と考えたところで。

部屋の中から、なにかが聞こえた。

三人ともが、ジュリアン殿下の部屋の扉に視線を向ける。

マルセルが焦《あせ》ったように、笑みを顔に貼りつけると言い募った。

「ええ、おかげさまで快適に過ごされているかと思います。なにかあれば、またお願いさせていただければ」

「しかし」

聞こえてくるのは、泣き声だ。

これは放っておけない。

私は数歩前に進むと扉の前に立ち、緩く握った右手を上に上げた。

と同時に、マルセルがぎょっとした顔をしたのが見え、次の瞬間にはラーシュが私の右手首を握っていた。

「姫さま」

「……なんだ」

ラーシュは私の手首を握ったまま、ずるずると引きずるようにして、廊下の端のほうに歩いていく。

手首をがっちり握られているので、私も仕方なくそれについていく。

そしてなぜかマルセルまで心配そうについてきた。

立ち止まると、ラーシュは密《ひそ》やかな声で私に問うた。

「姫さまは今、なにをしようとしてました？」

そして握ったままの手首に、視線を落としてくる。

「え？　ノックしようとしていたが」

それ以外になにがあるというのだ。

「なぜ」

「お慰めして差し上げようかと」

私の答えに、二人は同時に長く深いため息をついた。

なんだなんだ。

ラーシュはそっと握っていた手を放すと、覗き込むようにして訊いてくる。

「どうしてそんなことを」

「遠く離れた国に来られたのだ。寂しいのではないだろうか」

「いやまあ、そうなんでしょうけど」

「だったら、大人が慰めるものではないのか」

「俺からすると、姫さまが大人とは思えないんですけどね」

思いっ切り眉根を寄せ、腰に手を当ててラーシュがそう返してくる。私の騎士のくせに失礼な。

「しかし、泣いておられるのは事実だ。やはり誰かが」

「姫さま。ああして隠れて泣いておられるのですから、涙など見せたくないということなんですよ」

ラーシュのその言葉に、マルセルも小さくうなずいている。

どうやらこの場では、私の考えは少数派らしい。

「……そうか？」

「そうですよ。姫さまは無神経です」

マルセルが驚いたように、口の中で「いや無神経とまでは」とつぶやいている。

しかしラーシュはまるで気にすることなく、続けた。

「特に姫さまの前で泣くなんてあり得ないです」

あり得ない、とはなかなか強い言葉だ。びっくりしてしまって、「えっ」と声が漏れた。お慰めするべきではないとしても、決して悪意からの行動ではなかったのに。

ということは、私になにか問題があるのだろうか。

「なぜだ？」

「そりゃ、妻になる女性の前で弱いところなんて見せたくないでしょう」

「妻？」

「でしょう？」

念押しされて、顎に手を当てて考えてみる。

確かに妻になるわけで、そこは間違いない。けれどどうにもその言葉に現実感が湧かない。

「ちょっとまだ呑み込めないのだが、そうなのだろうか」

「男っていうのは、そういうものなんですよ。学習してください」

ラーシュの発言はもっともなのだろう。けれど、さっきからやり込められているので、ついつい反論してしまう。

「子どもだと言ったくせに」

「言いましたけど、やっぱり男なんですよ。男気あるじゃないですか」

「そうか……」

どうやら私がしようとしたことは、余計なお世話というものだったらしい。

しょんぼりとうなだれていると、マルセルが慌てて口を挟んでくる。

「申し訳ありません。私がはっきりお伝えすればよかったのです。殿下が一人になりたいと仰ったので、侍女の方々には下がっていただいたのです」

「……なるほど」

では、まるきり私の見当違いだったということだ。これは無神経と思われても仕方ない。

「……申し訳ありませんでした」

「いいえ、謝らないでくださいませ。お気遣いには感謝しております」

マルセルはそう礼を述べて、今度は柔らかな笑みを口元に浮かべた。

よく考えれば、慰める相手が必要ならば、私ではなくマルセルが適任のはずだ。

本当に、見当違いも甚《はなは》だしい。

「では、失礼しよう」

そうしてラーシュと二人で並んでそっと立ち去ろうとしたときに、また細く、少年の泣き声が耳に届いた。

◇

ラーシュと二人で廊下を無言のまま歩き続ける。

彼に指摘された通り、私もとても『大人』とは呼べない人間だ。やはり王女として育ったから、どこか甘やかされている部分があるのかもしれない。

いや、それは言い訳だ。兄だって、弟のエリオットだって、王子として育っているけれど、無神経だと感じたことはない。

さらに言えば、ジュリアン殿下もだ。彼は大国エイゼンの王子に生まれながら、繊細に心配りをしているように思う。

やはり私自身の資質の問題だ。

私は隣を見上げて謝意を述べる。

「ラーシュ、ありがとう」

「なんに対する礼ですか」

彼は小首を傾げてそう訊いてきた。

「危うく暴走するところだった。ラーシュが止めてくれて助かったな」

「それはどういたしまして」

小さく笑いながら返される。

思えば、幼い頃から彼はたびたび私を諫《いさ》めてくれていたように思う。

それなのに、私は成長できていない。

「やっぱり私は無神経だな……」

「でもね、姫さま」

先ほどとは打って変わり、ラーシュは柔らかな声音で語りかけてくる。

「姫さまの無神経さに救われることもあるんですよ。だから、そのままでいいです」

「なんだそれは」

「まあ、それはそのうち」

「そうか」

ラーシュがそのうちと言うからには、今はそのときではない、ということなのだろう。だから私は短く返しただけだった。

そうしてまた黙々と歩いていると。

「あ、コンラード殿下」

ぼそりとラーシュがその名を口にする。

前方に目をやると、兄が廊下の向こうにいるのが見えた。

私は軽く早足で近づくと、声をかける。

「兄上」

「やあ」

呼びかけに気付いた兄が片手を上げた。そして私たち二人にそれぞれ視線を寄こしたあと、問うてくる。

「ここを歩いているということは、ジュリアン殿下のところにでも行ったのかな？」

「え、ええ」

さすがに先ほどのことを兄に報告するのは違うだろう。

どう言い繕おうかと迷っていると、兄は口元に弧を描き、手を開いて自分の部屋の方角を差した。

「久しぶりに、少しお茶でもしていかないか？　私も、妹が結婚する前に積もる話もしたいしね」

そう誘われては、断るわけにもいかない。

「はい、ではお邪魔します」

「では行こうか」

そうして三人で連れ立って、兄の部屋に向かう。たどり着くと中に通され、来客用のソファに向かい合って腰かけた。

私の部屋は質素倹約を地でいく部屋だけれど、兄の部屋は王太子ということもあり、頻繁に迎える客人を想定して、家具や装飾品に華やいだ雰囲気がある。

侍女も侍従も最初から室内に控えていて、兄の行動に合わせてすぐさま動くのだ。

そうして私の前に紅茶の入ったカップが置かれると同時に、兄が指摘してきた。

「元気がないようだけれど」

「えっ」

「ジュリアン殿下となにかあったかな?」

「いえ、特に……」

鋭い。

私は感情があまり顔に出ない質《たち》だから、そのあたりのことを読み取れる人間はなかなかいないのだが、兄にはいつでも私の心の中など丸見えなのだ。

私の座るソファの後ろで控えているラーシュが、小さく息を吐いたのが聞こえた。

要らぬ発言はしないほうがいいですよ、とでも思っているのだろう。

「実は、殿下とお話をしようかと思ったのですが、お休み中だったようで少々残念に思っておりました」

これは、嘘ではない。

「なるほど。話とは？」

「国内を案内して差し上げたいので、なにか希望はあるかと思いまして訊きに行ったのです」

「そうか。けれどジュリアン殿下にとっては、どんなところでも新鮮なのではないかな」

ラーシュと同じことを言う。

「そうも思ったのですが、好みなどがわかればと考えまして」

「けれど休憩中だった、と。会話を拒否されたわけではないのだね？」

こちらを覗き込むようにして、そう尋ねてくる。

「拒否？」

その心配は、ほとんどしていなかった。ジュリアン殿下は、そういうことをしそうにない気もしていたし。

私が目を何度か瞬かせていると、兄は苦笑して続ける。

「入国したときに少々揉めたけれど、そのことについては？」

「はい、それはあのあとすぐに謝罪をいただきましたし、もう問題はないと思います」

「そうか、それはよかった」

兄は満足げにうなずいた。

なるほど、その揉めごとがまだ続いているのではないかと心配したのか。

それからソファに身を埋めた兄は足を組み、続けて軽い口調で私に問うてくる。

「どうだい？　これからジュリアン殿下と結婚するわけだけれど、上手くやっていけそうかい？」

「上手く……」

やはりこれは政略結婚なのだから、国交を考えれば、もちろん上手く付き合っていかなければならないのだろう。

しかしジュリアン殿下はともかくとして、私は無神経であることがついさっき露呈《ろてい》したばかりだ。

だからか弱音を吐いてしまう。

「もちろん努力はするつもりです。それに、ジュリアン殿下は心配りのできる方かと思いますし」

「うん」

「でも私のほうが……殿下をお支えできるかどうか……」

自然と、肩が落ちてしまう。

「なにかして差し上げたいとは思っているのですが」

「それで、希望があるかと訊きに行った？」

「その通りです」

私は兄の言葉に首肯する。それに彼は笑みを返してきた。

「うん、それはいい心がけだと思うよ。もちろんすぐになにもかも上手くいくなんてことはないだろうけれど、カリーナのしようとしていることは、間違っているわけではない」

そう賛同されて、ほっと胸を撫で下ろす。

「兄上は、ジュリアン殿下の趣味嗜好についてなにかご存じですか」

もしかしたら王太子である兄には、そういう情報が届いていないかと訊いてみたのだが。

「いや、そこまでは。私もまだ深い会話はしていないからね」

「そう、ですか」

あっさりと否定されてしまう。

けれど焦っても仕方ない。また機会があれば質問してみればいいのだし、と私は気を取り直す。

「あまり気負いすぎないことだよ」

兄はそう慰めの言葉をくれ、そして続けた。

「それにジュリアン殿下は我が国に来られたばかりで、新しいことを知りたいというよりも、まだ望《ぼう》郷《きょう》の念を募らせておられるのではないかな。そっとしておくのもいいかもしれないよ」

柔らかな声音は、ジュリアン殿下を気遣うようでもあった。兄からすれば、彼が一人で泣いていることなどお見通しなのかもしれない。

だから思わず気を抜いて、訊いてしまった。

「あの、兄上。たとえば、ジュリアン殿下が里帰りをするのは可能でしょうか」

「里帰り？」

「はい」

「ずいぶん尚早《しょうそう》だね？」

「あ、いえ、今すぐという話ではなくて……」

小首を傾げて返された疑問に、慌てて手を振って弁解する。これはちょっと突っ込みすぎたかもしれない。

だが兄は特に不審に思う様子もなく、口を開いた。

「それはね、おそらく……」

しかし、そこまで口にして、兄は背もたれから身体を起こした。

「皆、退室してもらえるかな？」

その指示を受けて、控えていた侍女や侍従たちが一礼して部屋を出ていく。

彼らを見送った兄は顔を上げて、私の後ろに向かって微笑んだ。

「ラーシュ、君もだよ。退室してくれるね？」

笑顔でそう声をかけられ、ラーシュはちらりと私に視線を寄こした。私が軽くうなずくと、彼は頭を下げて、「コンラード殿下の仰せならば」と踵《きびす》を返す。

そうして部屋に誰もいなくなってから、兄は密やかに言葉を舌に乗せた。

「さて、内緒話を始めようか」

室内には二人きりだけれど念のためか、こちらに半身を傾けて、兄は小声で語り始める。

「ジュリアン殿下は、もうエイゼンに帰ることはないだろう。一時的な里帰りであってもね」

「えっ」

思わず声を上げてしまった私に向かって、兄は人差し指を立てると口元に当ててみせた。

「カリーナにも教えておくべきだったね。今から言うことは他言無用だ」

「はい」

私は神妙にうなずく。それを見て兄も首を前に倒した。

そして真剣な眼差《まなざ》しで、ゆっくりと口を開く。

「エイゼンは先日、第一王子が立太子した」

「ええ」

それは知っている。王城内で行われた、重臣たちが列席する会議にて報告された。ジュリアン殿下がマッティアに入国する直前に知った話だ。

めでたく王太子が擁立《ようりつ》され、それ以外の王子たちの去就《きょしゅう》を考えていくうえで、なぜかジュリアン殿下は我が国に来るということになったのだ。

「ここからは、表沙汰にはなっていない話だけれど」

「……はい」

「王太子になった第一王子は、すぐさま第二王子を幽閉した」

思いもよらぬ話を聞かされて、私の口はぽかんと開いてしまう。

しばらく固まったままでいたけれど、はっとして自分の手で自分の頬を軽く叩いた。

「幽閉？　なぜです？」

「表向き、謀叛《むほん》の兆《きざ》しあり、ということらしいけれど、どうだろうね」

兄は腕を組んで、ソファの背もたれに再び身を預ける。

「立太子すると同時に、今後の脅威となり得る罪もない第二王子を潰しにかかったという、穿《うが》った見方もできるけれどね」

「そんな」

「なんの根拠もない、憶測だよ」

そう弁明して、兄は片方の口の端を上げる。

「根拠もないまま、さらに推考してみよう。まずは、エイゼン王だ。なぜ最高権力者であるはずの彼が登場しないまま話が進んでいるかというと、王は貴族たちの傀儡《くぐつ》と言っていい、いわば象徴としての顔でしかない存在のようだよ。その彼に選ばれた王太子も、似たようなものと考えていいだろう。

しかし、今世代は無理でも、次世代では権力を握ろうと虎視眈々《こしたんたん》と狙っていた貴族もいるはずで、現王ほど盤石《ばんじゃく》ではないから、王太子は第二王子を恐れて幽閉した。そうすると、各派閥は動き出すことが予想されるね。第二王子が幽閉されてしまった今、彼についていた他の王子たちも、そして貴族も、生き残るために策をめぐらせているのではないかな」

兄の推測がどこまで正しいのかはわからない。でも、ある程度情報を握っている兄のその話は、そこまで的を外してはいないのではないだろうか。

「そこで、第七王子だ」

兄はちらりと、ジュリアン殿下の部屋の方角へ視線を動かす。

「ジュリアン殿下は第七王子ということもあって、どちらの派閥にも与《くみ》していない。幼い王子だし、あの性格だしね、完全な中立派だったんだ。王太子とも第二王子とも、どちらともそつなく付き合っていたと聞いている」

それはなんとなく、わかる気がする。

彼の性格は、我が国に来るずっと前から、きっと変わっていないのだ。

「第七王子を支援する貴族がまったくいないわけではなかったようだし、いたとしても、さして力があるわけでもない。けれど、ちょっと扱いに困ったのだろうね。だから彼だけは政略結婚による国外退去ということになった」

もしかしたら、あまりにもそつなく誰とでも相対していたために、どちらからも必要とも、不必要ともされなかったのかもしれない。

だから、生まれ育った国から追放された。

兄の言うように、もちろんこれは推測にしか過ぎない。

でももしそれが本当の話だったなら。

この政略結婚が決まったとき、ジュリアン殿下は、なにをどう感じていたのだろう。

◇

翌日、ジュリアン殿下は私の部屋を訪ねてきた。

侍女が私を呼びに来たので部屋の外に出ると、彼はそこにマルセルを従えて立っていた。

「昨日、私を訪ねてくださったと聞きました」

殿下はそう話し始めて、にっこりと口を笑みの形にする。

「ありがとうございました。けれど、ちょうど寝入ってしまったところでして、お応えすることができなくて申し訳なく思います」

それから悲し気に眉尻を下げる。やはり作ったような表情だ。

「マルセルも起こしてくれればよかったのに」

冗談めいた口調で、そう続ける。

マルセルに視線を向けると、彼は小さく頭を下げた。

つまり、昨日、泣き声を聞かれたとは思っていないのか。いや、聞かれたとわかっているけれど、なかったこととして押し切ろうとしているのか。

いずれにせよ、私は聞かなかったことにするしかない。

「いえ、突然訪問してしまったこちらの不手際です」

「申し訳ありません、そう仰っていただけると」

胸に手を当て、弱々しい笑みをこちらに向けてくる。

その笑顔は、なんだか痛々しいものに見えた。昨日、彼の泣き声を聞いたからか、兄の話を聞いたからかはわからない。

「なにかお話があったのでは？」

そう問われて、ハッとする。

「あ、ええ、……立ち話もなんですから」

私は開いた手のひらで、部屋の中を指し示した。

質素倹約を地でいく部屋に案内するのは気恥ずかしくはあるが、このままここで話をするのも変だろう。

しかしジュリアン殿下は、手を顔の前でひらひらと振った。

「そんな。婚姻前に、女性の部屋にお邪魔するわけには」

なんと。そこまで気配りできるとは。本当に十歳とは思えない。

「いえ、その……それはお気になさらず。あの……婚約者ですし……」

十七歳の私のほうが、しどろもどろだ。

「いいえ、そういうわけにはいきません」

そして、きっぱりと固辞されてしまった。これ以上勧めるとまた無神経と思われるかもしれない、と私は自室を差した手を引っ込める。

それからジュリアン殿下に向き直ると、口を開いた。

「では、あの」

「はい」

好きなものはなんですか、行きたい場所などありませんか、といろいろと頭の中で質問を思い浮かべたけれど、どれもこれも違う気がした。

だから私はこう続ける。

「実は、ジュリアン殿下のことを知りたいと思っているのです」

私は、目の前のこの少年がなにを考え、どうすれば喜んでくれるのか、それが知りたい。

それが私の気持ちなのだ。

「……私のこと？」

殿下は私の発言に小首を傾げる。

「私は、あなたと家族になるのですから」

「家族」

その言葉をおうむ返しにすると、ジュリアン殿下はこちらを見上げて、何度も目を瞬かせた。そしてじっと私の顔を見つめている。

なにかおかしなことを口にしただろうか。もしかしたら不躾だったかもしれない。

「あ、いえ、言いたくないこともあるでしょうから、もちろん無理に聞き出すなんてことはしませんので、ご安心を」

「あ、はい」

「けれど、これからたくさん交流できればと思っております」

そう締めたあと、ジュリアン殿下の反応を見ようとしたけれど、少し俯いてしまったので表情はよく見えなかった。

そのとき私は、二人の身長差は見つめ合うには少々不便なこともあるのだな、などと埒《らち》もないことを考えてしまう。

なんとなく気まずくなり、続ける言葉が出てこないまま、向かい合って廊下に二人で突っ立っているという妙な状況になってしまった。ジュリアン殿下の斜め後ろに控えているマルセルも、戸惑うように私たちを見比べている。

そこに、母の侍女がしずしずとやってきた。

侍女は私の向かい側に立つ殿下に気付くと、目を丸くして口元に手を当てる。

「まあ、ジュリアン殿下もおいででしたの。ちょうどようございました」

「ちょうどいい？」

私が問い返すと侍女は笑みを浮かべ、身体を引くと、廊下の向こうを手のひらで指した。

「王妃殿下が、三人でお茶でもと仰せです」

その言葉に私たちは思わず顔を見合わせる。

いち早く反応したのはジュリアン殿下だった。

「王妃殿下にお誘いいただけるとは光栄です。ぜひ」

胸に手を当てると軽く頭を下げ、誘いを快く受ける。さすがだ。

「母上の部屋でいいだろうか」

私がそう問うと、侍女は首肯する。

「さようでございます」

「私が案内しよう。先に帰って母上に報告を」

「ありがとうございます。ではよろしくお願いいたします」

侍女は一礼して踵を返した。

「ジュリアン殿下、では参りましょう」

そう声をかけると足を踏み出した。居心地が悪くなっていたので、母の誘いがあって助かったと心の中で安堵の息を吐く。

ジュリアン殿下があたりを見回してから歩き始めると、後ろに控えていたマルセルもついてきた。

「今日は、あの騎士殿はいないのですか？」

殿下が、歩きながら問いかけてくる。

「ああ、今頃鍛錬《たんれん》でもしているのではないでしょうか」

そんな会話をしながら、私たちは母の部屋へと向かう。

「私は自室におりましたし、城内ですと特に危険はありませんから、そういうときは彼も自由に過ごしていいます」

「いつも一緒なのかと思っていました」

「いいえ。でも人と会う予定があるときは、側《そば》にいますね」

「そうなんですか」

「見栄のようなものです。ああ、それから狩りのときも」

「……狩り？」

「平和な我が国では、むしろ狩りのときのほうが危ないくらいですから」

「狩り……」

なぜかジュリアン殿下はそうぽつりとつぶやくと、黙りこくってしまう。

なにか話しかけるべきだろうか。いや、また無神経な発言をしてはいけないし、なにやら考え込んでいる様子だから、黙っていたほうがいいのかもしれない、などとぐるぐると考えているうち、母の部屋に到着した。

ノックして扉を開けると、母は両腕を広げて私たちを歓迎してくれる。

「まあまあ、ごめんなさいね、お呼び立てしてしまって」

「いえ、ご招待いただきありがとうございます」

ジュリアン殿下は朗《ほが》らかに礼を述べると頭を下げた。本当に、そつがない。

同じ十歳のエリオットは、どこかに招待されたとき、どんなふうに挨拶しているのだろう。ちゃんと挨拶できているのだろうか。心配だ。

「さあ、お茶会を始めましょう」

母は、開け放たれた大窓の向こうのバルコニーに向かって歩き出す。私たちもそれについていった。

バルコニーには白い丸テーブルが用意されていて、三脚の椅子がテーブルを囲むように等間隔に置いてある。テーブルの上には、お菓子の乗った三段のケーキスタンドが設置されていた。

「どうぞ、おかけになって」

私たちは母にそう促されて腰かけた。同時に侍女が給仕台の上で紅茶を淹《い》れ、それぞれの前にカップを置いていく。

「いえね、こんな機会でも設《もう》けなければ、なかなかゆっくりお話しすることもできないから。来てくださって嬉しいわ」

母はニコニコと笑いながら、そう話す。

ジュリアン殿下は、わずかに表情を強張らせた。

つまり、母は彼になにか話したいことでもあるのだろう。それがいいことなのか悪いことなのか、現時点ではジュリアン殿下にはわからない。

ほんの少し、緊張しているような様子が窺えた。

「取って食べたりはいたしませんわ。親睦を深めたいだけですのよ。ですからどうぞ楽になさって」

母の言葉に、ジュリアン殿下は笑みを返した。

「ありがとうございます」

母は続けて私のほうに視線を向けてくる。

「カリーナも、緊張しなくていいのよ」

「えっ」

指摘されて、ふと自分の膝の上に視線を落とす。本当だ。ぎゅっと拳を握ってしまっている。

「お茶会ですもの、楽しみましょう」

柔らかな声をかけられて、私はほっと息を吐く。

母はさらにマルセルのほうに顔を向けた。

「せっかく騎士殿もいらしているのですから、椅子を用意して差し上げて」

「かしこまりました」

母の指示を受けて、侍女は椅子を用意しに動いたが、マルセルは慌てたように固辞する。

「いえっ、私は」

「遠慮しなくともよくてよ」

「いえ、私はここで」

マルセルはジュリアン殿下の斜め後ろに移動すると、そのままそこで立ち止まった。

「まあ、やはりエイゼンの騎士は真面目なのねえ」

母は感心したような声を上げる。

「そんなことは」

「エイゼンでは当たり前なのかしら。カリーナの騎士など、自分で椅子を持ってきますよ」

クスクスと笑いながらそう明かした。

「え？　本当ですか」

驚いたように目を瞠《みは》って、ジュリアン殿下が訊いている。

「いつもではないけれどね。ねえ、カリーナ」

私はうなずいて返した。

「でも一応、先に了承は得ます」

「へえ……」

ジュリアン殿下もマルセルも、言葉を失ってしまっている。

初日に、マルセルがラーシュに私への取り次ぎを願い出たことから考えても、やはりエイゼンではラーシュの振る舞いは考えられないことなのだろう。

でも別に、彼はそれでいいのだ。他の騎士たちだって、似たようなものだ。

「こういう違いに、戸惑われてばかりでしょう？」

そう問いかけられて、どう答えればいいのかすぐには言葉が出てこなかったらしく、ジュリアン殿下は「いえ……」と口ごもった。

母は口元を手で隠し、ほほ、と笑う。

「不便なこともあるでしょう。ここマッティアは、渓谷の国ですから。道幅も狭く、馬車も小さくてねえ」

初日のことを思い出したのか、ジュリアン殿下は身を縮こまらせた。あのとき、狭い、小さい、と思ったことは間違いないのだろう。

「そんな……」

「わたくしも、嫁いできたときには驚いたものですのよ」

その言葉に、彼は顔を上げる。

母はにこにこと微笑みながら、小さくうなずいた。

「確か、ルーディラの……」

「ええ、王女でございました。ですから少々、戸惑いましたわねえ」

どうやらジュリアン殿下は、この国に馴染《なじ》めない自分に対し、説教かなにかされるものと思っていたのだろう。

けれど母は、同じような境遇の者同士わかることもあるだろうと、このお茶会を催したのではないだろうか。

「道は狭いし、馬車は小さいし、王城はまさかの崖の途中に建てられているし。驚いたでしょう?」

「い、いえ……」

しかし勢い込んで同意することには躊躇ったようで、曖昧《あいまい》に応えている。

母はそれを気にすることなく、続けた。

「マッティアは、少しばかり浮世離れしている国ですわ」

ジュリアン殿下は、ただ黙って目を伏せがちにして、その口が語ることに耳を傾けている。

「国の体裁を保ってはおりますが、その実、国内は世界から切り離されているような長閑《のどか》さです。まるで、ここだけ違う時間が流れているような」

母はなにを語ろうとしているのだろう。私も口を挟むことなく、その声を聞く。

「大した資源もございません。位置的に重要な場所にあるわけでもない。その上、国内は渓谷だらけ」

物憂《ものう》げにそんなことを言い連ねる。

殊更《ことさら》に美点を挙げろと言うつもりはないが、欠点をあげつらうのもどうだろう、と思ったとき。

「ですから、身を隠すには都合のいい場所なのです」

その言葉に、ジュリアン殿下は弾かれたように顔を上げた。

けれど母は動じることなく、口元に笑みを浮かべたまま、さらに続ける。

「わたくしがこの国にやってきたのも、そういう経緯ですのよ」

母の祖国、ルーディラ。

一時は繁栄していた国だったけれど、今は見る影もない。大きな街道を突っ切る場所にあったためか、他国から何度も侵略を受けた。

かろうじて今も国の体裁を保ってはいるが、それもいつまで保つか。

母は国から逃がされたのだ。ルーディラ王家の血を持つ王女として、他国にその血を継ぐために。

母は、保険だったのだ。ルーディラになにかあったときのための。

幸い、なにごともなくこれまで過ごせてはいる。

「穏便に逃げるには、そして体裁を保って守られるためには、他国に嫁いだという大義名分が必要でしたの」

崖の途中に建つ王城。どうしてこんな不便な場所に建てられているかといえば、ひとえに防御に徹したのだ。

国土も狭く、国民の数も少なく、大した武力も持たない国は、その歴史から守りに入った。幸い、渓谷は攻めづらく、国を守ってくれた。

マッティアは、逃亡場所としては非常に優れている場所なのだ。王族の婚姻となれば、外聞もいい。

そうしてマッティアの王家は、いろいろな国の王族の血が混じる一族となった。

「これは、わたくしの昔語りですのよ」

母は紅茶の入ったカップを持つと、それを口元に運ぶ。

「年を取ると、語りたくなるものですの」

だから、ジュリアン殿下が『守られるために』この国に来たかどうかという話ではない。

けれど母は、それを教えてあげたかったのではないだろうか。

もしかしたら、要らない王子として国を出されたわけではないかもしれませんよ、と。

母の言葉を咀嚼《そしゃく》しているのか、ジュリアン殿下はしばらく口を閉ざしていたけれど、ぱっと顔を上げると、柔らかな笑みを浮かべた。

「私の目には、王妃殿下はまだお若く見えますが」

「まあ、末恐ろしいこと。その年齢で、そんな嬉しがらせを口にするなんて」

そうして母は、クスクスと楽しそうに笑った。

ジュリアン殿下もニコニコと母を見つめている。

私はその光景を見て、心の中でほっと胸を撫で下ろす。

そうか、知りたい知りたいと尋ねるよりも、こうして徐々にお互いを理解できるような場所を作ることが、まずやるべきことなのかもしれない。

やはり母は私などより、一枚も二枚も上手《うわて》だ。

「そういう、いろんな国から嫁いできた者がおりますから、元々この国にはなかった慣習が王城内に根付いたりもしていますの」

「そうなんですか」

「たとえば、騎士、とか。元々そんな者たちはいなかったそうですわ。マッティアの歴史書で知りました」

そうなのか。私も知らなかった。騎士は私にとって、いて当然の者だった。

「それから、目の前のこのクッキーは、わたくしが持ち込みましたのよ」

自慢げに語りながらケーキスタンドからクッキーを皿の上に取り分けると、母はそれをジュリアン殿下の前に差し出す。

「中にさくらんぼのジャムを挟んでおります。どうぞ試してみてくださいな。ルーディラではよく食べられていたものですけれどマッティアにはなくて、皆で試行錯誤しながら再現したのですわ。完成したときは本当に嬉しゅうございました」

「それは楽しみです。いただきます」

そう笑みを浮かべて返すと、ジュリアン殿下はルーディラのクッキーを指で摘《つま》み、上品に口に運んだ。

するとやっぱり、クルミのケーキを食べたときと同じように、瞳を輝かせる。そして味わうように咀嚼していた。甘いものが好きなんだな、と微笑ましい気持ちになる。

「お口に合ったようですわね」

クスクスと笑いながら母がそう茶化すと、ジュリアン殿下はパッと顔を赤くしてしまった。

「え、ええ。とても美味しかったです……」

「嬉しく思いますわ。感謝いたします」

「え、感謝するのは私のほうで」

「いいえ、そのお顔を見ることができて幸せな気分になりました。わたくしが持ち込んだお菓子ですもの」

母は眩《まぶ》しそうに目を細め、ジュリアン殿下を見つめる。

彼はやはり赤面していたが、どこか嬉しそうでもあった。

幸せそうな顔は、周りも幸せにする。

もちろんジュリアン殿下はいつも笑顔を絶やさないけれど、こうした自然な笑みは格別に響いてきてしまう。それは彼の力だとも思える。

母はもしかしたら今まで、私があまり美味しそうな顔をしないから、残念に感じていたのかもしれない。

私が持っていないものを、ジュリアン殿下は持っていた。

「そして、舞踏会。これも元々はマッティアにはないものだったようですわ」

そう付け加えて、母は笑みを浮かべた。

「実は近々、舞踏会を開催しようと思っておりますの。ぜひ参加してくださいな」

◇

それから私は、何度かジュリアン殿下をお茶会に誘った。

彼も断ることなく、律義に付き合ってくれている。

貴賓室を使ったり、庭園に出たり、いろいろと場所を変えてみたりして、少しでも楽しんでもらえるよう、工夫した。

もちろんジュリアン殿下の好みそうなお菓子も用意してみるのだが、私の前ではなかなかあの笑顔を見せてくれない。一瞬、瞳が輝いたかと思うと、すぐにハッとしたように口元を引き結んでしまう。まだ私には気を許してくれていないのだろうか。

それに私は話をするのが上手くないし、どうしてもぎこちない会話になってしまって、沈黙が続くことも多い。ジュリアン殿下も笑顔を貼りつけてはいるが、楽しくない時間だろうと思う。

だからといって、「盛り上がらないからやめましょう」というのも違うだろう。これから夫婦になる私たちは、共通の話題を見つけたり、あるいはお互いの価値観を寄せていったりして、近づいていかなければならないのだ。

そしてお茶会は、『人と会う予定』なわけで、ラーシュも私の側に控えている。

貴賓室での二回目のお茶会のとき、ラーシュは言った。

「姫さま、座ってもいいですか」

「ああ。ジュリアン殿下も構わないでしょうか」

ジュリアン殿下は何度も目を瞬かせたあと、こくりとうなずいた。

それを見たラーシュは一礼したあと踵を返して部屋の隅に歩いていく。

ジュリアン殿下はマルセルと顔を見合わせたあと、私に向かって確認してきた。

「本当……なんですね」

「え？　ああ、座ることですか。もちろん本当です」

黙ったまま、二人はラーシュを目で追っている。

そしてラーシュは、両手にそれぞれ椅子を抱えて帰ってきた。

「はい、マルセル殿」

あっさりとした口調で、片方の椅子をマルセルの前に差し出して勧めた。

マルセルは焦った様子で手を胸の前で振っている。

「いえ、私は」

「でも、ずっと立っていたら腰が痛くなるでしょ」

「ええ、でも」

「俺も、もしお茶会の相手が知らない人だったら、なにかあったときすぐに動かないといけないから、座るとは言い出しませんよ」

マルセルはその言葉に、口を噤んだ。

つまり、ここにいるのが見知らぬ人間だったなら、私に危害を及ぼす可能性があるから、すぐさま対応できるように座らない、ということだ。

逆を言えば、ジュリアン殿下とマルセルなら安心だから座ってもいい、という意味だ。

そして、そちらも私たちを信頼するのならば座れ、とも取れる。

「どうしても、というこだわりがないのならば、どうぞ」

私も手のひらで椅子を差す。

マルセルは戸惑った目をジュリアン殿下に向けた。彼は笑みを浮かべるとうなずく。

「こう仰っているのだから」

「で、では……」

落ち着かないのか、マルセルは椅子に浅く腰かけた。初めて座るという動作をしたのか、というくらいにぎこちない。

それを見届けたあと、ジュリアン殿下は私に話しかけてきた。

「驚きました」

「そうですか？」

「はい、まさか本当に座るとは」

「ええ？　そんなに変なことですか」

ラーシュが口を挟んでくる。

座ったことで気が抜けたのか、マルセルも会話に加わった。

「エイゼンでは、従者が目上の者の前で腰かけるなんて見たことがありません」

「へえー」

そのやり取りを聞いていたジュリアン殿下は、小さく笑う。

「もっと言えば、このように主人同士の会話に従者が入ってくることもあり得ません」

「あっ」

マルセルは慌てて自分の手で自分の口を塞ぐ。

「責めているんじゃないよ」

笑いながら声をかけるジュリアン殿下に、マルセルは口を押さえたままおずおずと視線を移した。

そのギクシャクした動作がなんだか可笑《おか》しくて、私もつい笑ってしまう。

「大丈夫です。我が国では咎めたりはしませんから、どうぞお気軽に」

「申し訳ありません……」

咎めないと言っているのに、マルセルは恐縮している。

「そういえば最初に、私が目の前にいるというのに、ラーシュを経由して発言の許可を求めてくるから、驚いたものです」

「えっ、そんなことがあったんですか？」

初めて聞いたのか、ジュリアン殿下はそう声を上げた。

「はい、出迎えに行ったときのことを謝罪したいと」

「知りませんでした。マルセル、ありがとう。私の代わりに謝罪してくれていたんだね」

「いっ、いいえ！　そんな、殿下からお礼など畏れ多いことです」

その様子を眺めていたラーシュは、呆れたような声を出す。

「やっぱりエイゼンは堅っ苦しいですね」

その物言いはちょっと気を抜きすぎではないのか。

「ラーシュはもっと緊張してもいいんだぞ」

「嫌ですよ」

間髪《かんはつ》を容《い》れずに返してくる。

すると、ぷっと噴き出すような声が聞こえた。そちらを振り返ると、ジュリアン殿下が肩を震わせている。

「いや……」

俯いて、自分の口を手で押さえているが、どうにも収まらないようだった。

「そんなすぐに……」

それだけ口にすると、堪《こら》えられなくなったのか、テーブルの上に突っ伏した。

ラーシュはきょとんとして、私に向かって首を傾げた。

「なにか可笑しいこと言いました？」

「いや全然」

その会話を聞いたジュリアン殿下はさらに、文字通りお腹を抱えて、目の端に涙を滲ませて声を出して笑い出した。

「そんなに笑うところですか？」

不服そうな声でラーシュが問う。

「す、すみません……私もなにが……こんなに可笑しいのか……わからなくて」

「ええ？」

「でも……それがまた……面白くて」

一度笑い出したら止まらないらしく、ジュリアン殿下はいつまでも笑っていた。

その顔は、十歳の少年にしか見えなかった。

◆親睦会が開催されました

「本日は、我がマッティアにいらっしゃった、エイゼン王国第七王子であらせられるジュリアン殿下との親睦会ですわ。どうぞ皆さま、楽しんでいらして」

主催者である母は、大広間に集まった貴族たちの前で、そう堂々と宣言した。

わっとその場に拍手が湧き起こる。紹介されたジュリアン殿下は胸に手を当て、客人たちに向かって腰を折った。

すると貴族たちがジュリアン殿下の周りにわらわらと集まってくる。

「お目にかかれて光栄です」

「やはり精悍《せいかん》でいらっしゃる」

「カリーナさまとご婚約とか」

「おめでとうございます」

初めて会う人間たちに気後れするのではないかと思ったのだが、やはりジュリアン殿下はそつなく挨拶を交わしていた。さすがだ。

とはいえマッティアは小国である。貴族と呼ばれる人間もそう多くはないので、その挨拶の列もすぐになくなるはずだ。

私も貴族たちとの挨拶を済ませ、ジュリアン殿下のところに足を向ける。側に侍《はべ》っていたマルセルが先に気付き殿下に顔を寄せると、彼はこちらを振り向いた。

「カリーナ殿下」

「ジュリアン殿下、お疲れではないですか」

その問いに軽く首を横に振ったあと、彼は私を見上げて、目を細めた。

「今宵は一段とお美しいですね。そのドレス、とてもよくお似合いです」

「え、あ……」

滑らかにかけられた称賛の言葉に、私はまごまごして口ごもってしまう。

『今日くらいは気合いを入れましょう』

と侍女たちに宣言され、深緋色《こきひいろ》のドレスを着させられた。それは決して装飾の多いドレスではなく、身体の線を美しく見せる細身のシンプルなデザインなのだが、色が派手なので、やたら目立って気恥ずかしい。

おまけに肩も大きく開いているし、背中も見える。

『ちょっとこれは……』

などと抵抗してみたが、侍女たちが頑として譲らなかったので、されるがままでいるしかなかった。

いつも高いところでひとつに括《くく》ってある髪は下ろされて、銀の髪留めを丁寧にあしらいつつ、編み込んで結われている。崩れたらどうしよう、とあまり頭が動かせない。

親睦会前に迎えに来たラーシュは、『なんか……いつもと違いますね……』とぽつりと口にすると、目を逸らした。だからなんとなく感想は訊けなかった。

ところが、このジュリアン殿下である。さすがというか、あっさりと褒めてきた。世辞もあるにしても、自信がなかったので素直に嬉しい。

「ありがとうございます。お褒めいただき嬉しく思います」

なんとか返礼すると、彼は困ったように眉尻を下げて続けた。

「お世辞ではありませんよ」

「はい。ありがとうございます」

なぜそう念押ししてきたのか。

首を傾げると、ラーシュがこっそりと耳打ちしてきた。

「姫さまは無表情だから」

「ああ」

納得すると、ジュリアン殿下のほうに顔を向ける。

「申し訳ありません、私はどうも表情に乏しいらしくて。けれど本当に嬉しく思っておりますから」

「そう……なんですね」

「姫さまは感情が顔に出ない代わりに、なんでも正直に口にするから、言葉のほうを信じたらいいですよ」

ラーシュがそう横から口を出してくる。

「なるほど、さすが騎士殿、よくわかっているんですね」

「言葉に裏がないとは、素晴らしいことと思います」

ジュリアン殿下とマルセルは、ラーシュの進言を素直に受け入れたようだった。

何度か開催したお茶会のおかげか、ジュリアン殿下とラーシュと、そしてマルセルの関係は良好なように見える。

私などより、よっぽど親しげだ。少し悔しい。

そのときだ。

「ジュリアン殿下、姉上」

エリオットが早足でやってきた。

「わあ、姉上。とても綺麗です」

大きく目を見開いて、はしゃいだ声を上げている。可愛い。

「ありがとう、エリオット」

「ジュリアン殿下、こんばんは」

続いて彼は殿下のほうに顔を向け、明るい声を出した。

一瞬、ジュリアン殿下は驚いたように身を引いたけれど、すぐに顔に笑みを浮かべた。

「こんばんは、エリオット殿下」

きっと彼は、逆にこのような子どもらしい挨拶に慣れていないのだな、と思う。

そんなふうに二人を眺めていると、一人の少女がしずしずと歩み寄ってきたのが目に入った。緩やかに波打つ豊かな金髪と翠玉《エメラルド》色の瞳の、華やかな雰囲気を持つ少女だ。

彼女はジュリアン殿下の前に立ち止まり、その場の視線を集めたことを知ったあと、口元に弧を描いた。

「初めまして、ジュリアン殿下。わたくしはルンデバリ侯爵の娘、マティルダと申します。おめもじ叶いまして光栄ですわ」

マティルダはドレスの裾を持ち上げ、立派に淑女の礼をしてみせた。彼女も十歳なのだが、とてもしっかりしている。

「マティルダ嬢、よろしく」

にっこりと笑ってジュリアン殿下は応えた。

しかしエリオットは、おどおどと一歩下がる。エリオットは、どうにもこのマティルダが苦手なのだった。

しかし彼女はエリオットのほうには振り返りもせず、そのまま続けた。

「エイゼンの王子さまにお会いできる機会に恵まれまして、嬉しく思います」

「ありがとう」

「カリーナ殿下も素敵な方と婚約されて、お幸せですわね。おめでとうございます」

そう祝辞を述べると、こちらにも笑みを向けてくる。

婚約、と言われるとどうにもまだピンと来ないが、そうには違いない。

「ああ、そうだな。本当に光栄なお話をいただいた」

「憧れますわ」

そう口にしてから、ようやくマティルダはちらりとエリオットのほうに視線を向ける。向けられた側のエリオットは、さらに一歩下がってしまった。

するとマティルダは、はあ、とこれ見よがしにため息をついてみせる。

「なんですの、その態度は。まったく、ジュリアン殿下と同い年とは思えませんわね」

「そんなふうにいつも文句を言うからだよ……」

ぽつりとエリオットが不平を口にすると。

「なんですって？　では言われないようにすればいいのですわ！」

すぐさまマティルダは胸を張って反論する。

いつもの応酬なので、私たちは黙ってそれを眺めているが、ジュリアン殿下とマルセルは目を丸くして成り行きを見守っていた。

そうしていると、どなたかとの挨拶を終えたらしい兄がこちらに歩み寄ってくる。

「盛り上がっているようだね」

これを盛り上がっていると表していいのかどうかはわからないが、兄は苦笑交じりにそう声をかけてきた。

「コンラード殿下！」

マティルダは兄の姿を認めると、華やいだ声を上げる。

「ごきげんよう、コンラード殿下」

そしてまた美しく淑女の礼をしてみせた。エリオットを前にしたときとは、ずいぶんな違いだ。

「やあ、マティルダ嬢、また綺麗になったね」

そう兄が賛辞を贈ると、マティルダはポッと頬を染めた。

「まあ、光栄ですわ」

もじもじと恥じらいながら、そんなことを返している。

誰もこの状況に口を挟むことはできず、マティルダの独壇場《どくだんじょう》だ。

しかし少しすると兄は別の貴族に呼ばれてしまい、こちらに手を上げて断ってくる。

「ああ、もうちょっと話したいところだったけれど、なかなか会えない御仁《ごじん》からの呼び出しだ。では、どうか楽しんでくれ」

王太子である兄は、あちらこちらから声をかけられて大広間を歩き回っている。ほとんど立ち止まっていないのではないだろうか。貴族たちはもちろんだが、ご令嬢たちからも話しかけられるので、ひとところに留まってはいられないのだ。

というわけで、私とは一言も言葉を交わすこともなく立ち去ってしまう。

「やっぱりコンラード殿下は素敵だわ」

うっとりとその背中を見送って、マティルダはそんなことを口にした。

それからくるりと振り返ると、そこにいたエリオットに向かって容赦のない言葉を浴びせる。

「エリオット殿下も、見習うといいですわ」

つんと澄まして言われてしまい、エリオットは少し口を尖らせた。

「まあ！　なんですの、その顔は。なにか不服ですの？」

マティルダは腰に手を当て、上半身をエリオットのほうに傾ける。

やられっぱなしでは終われないと思ったのだろう、エリオットはなんとか背筋を伸ばした。がんばっている。

「ぼ、僕だって」

「エリオット殿下だって？」

「あ、兄上の年になれば……」

そう小さな小さな声で応戦したが、すぐさま言い返されてしまった。

「エリオット殿下が、大人になったらあんなに素敵になれるんですの？　まあ、それは楽しみですこと！」

今度こそ、エリオットは黙り込んでしまった。

しかも彼だけではなく、その場にいる皆がなにも言葉を発しなくなってしまう。大広間内はざわざわと賑やかなのに、この周りだけ凍りついているようだ。

これは、なにか声をかけたほうがいいかと迷っていると。

「ごきげんよう、エリオット殿下」

機会を窺っていたのか、他のご令嬢がエリオットに挨拶をしに来た。ヘーゼル色の髪をきっちりと結い上げ、琥珀《こはく》色の瞳が勝気な印象を与える少女だ。確か、ヨンセン伯爵家の長女だったか。何度か見かけたことがある。

「ああ、フレヤ、こんばんは」

どこか安心したように、エリオットは息を吐いた。

「エリオット殿下も来られると聞いて、楽しみにしておりましたの」

「本当？　嬉しいな」

エリオットはニコニコと応対している。

しかしその斜め後ろで、マティルダは唇を尖らせていた。もしかして、このフレヤが嫌いなのだろうか。マティルダはどうも人の好き嫌いが激しいように見える。

「殿下、よければあとで、わたくしと踊ってくださいませんこと？」

頬を染めつつ、フレヤはエリオットに申し出た。

「うん、もちろん」

さして迷うことなくエリオットは笑顔でうなずく。

「まあ、嬉しいです！　ではまた後ほど」

フレヤは一礼すると、弾んだ足取りで立ち去っていく。最後にチラリとマティルダのほうに視線を寄こして、そして口の端を上げて笑った。

うん？　と思ってマティルダに視線を向けると。

彼女は顔を真っ赤にして、プルプルと震えていた。

これはどうやら、本当に彼女が嫌いなのだろう。もっと穏便に人付き合いができればいいのだろうが、この性格では難しそうだ。

マティルダはつかつかとエリオットに近寄ると、ふいにその手首を握って歩き出す。

「行きますわよ！　最初はわたくしが踊って差し上げます！　まったく、鼻の下を伸ばして、みっともないですわ！」

「みっともないはさすがに酷くない？」

「酷くないですわ！」

「待ってよ、マティルダ。早く歩きすぎだよ」

そんなことを喋りながら、二人はその場を去っていった。

その場には、呆然とした四人が残される。

「これはまた……」

「なかなか、……激しいご令嬢ですね」

ジュリアン殿下とマルセルは唖然《あぜん》として、去っていく二人を眺めていた。

「まあ、いつものことですよ」

ラーシュが呆れたような声音でそう彼らに教えている。

そう、いつものことなのだ。マティルダはやたらエリオットに絡み、エリオットはいつもやり込められている。

毎度のことすぎて、もう誰も二人のやり取りに口を挟んだりしない。しないのだが。

「マティルダは、そんなにエリオットのことが気に入らないなら、近づかなければいいと思うんだが……」

私がぼそりとそう口にすると、ラーシュとジュリアン殿下と、ついでにマルセルまでもが勢いよく私のほうを振り向いた。

「それ、本気で言っているんですか、姫さま」

「初対面の私ですら、わかったのに……」

「嘘ですよね……?」

なんだなんだ。

「俺もさすがに、いくら姫さまでもそれくらいはわかっていると思ってましたよ」

「いや、知らぬふりをしているんですよね」

「でも先ほど、言葉のほうを信じるといいって……」

マルセルの最後の発言に、三人は黙りこくってしまう。

なんだなんだ。

「私の言うことに、なにかおかしなことがあったでしょうか」

よくわからないので素直にそう問うと、ラーシュがため息交じりに口を開く。

「あのですね、姫さま。マティルダ嬢は……」

「ラーシュ」

しかし言いかけた説明を、ジュリアン殿下が彼の袖口を引っ張って制した。

「それは、たとえ相手が本人でなく姉君であっても、ラーシュの口から伝えてはいけないと思う」

「えっ……ああ」

言われて初めて気がついた、という表情をして、ラーシュは何度もうなずいている。

「そう……そうですね。そうですよね」

「うん」

「止めてくれて感謝します。俺も姫さまのこと、無神経って言えませんね」

「無神経？」

その言葉に、ジュリアン殿下は小首を傾げる。

けれどそれを無視して、ラーシュは私のほうに顔を向けた。

「ま、姫さまにも、そのうちわかりますよ」

「そうか。とにかく、マティルダについて私が理解していないことがあるというのは把握した」

ラーシュがそのうちわかると言うのなら、いずれはわかるのだろう。いつまでも首を捻っているのも時間の無駄だ。

すると、大広間に曲が流れ始める。片隅にいる楽団が音楽を奏で始めたのだ。

見てみれば、エリオットの両脇にマティルダと、そしてフレヤがいて、なにやら言い争いをしている。間に挟まれたエリオットは居心地が悪そうだ。

周りに大人たちがいてその様子を眺めているが、誰もなにも口出ししていないようなので、大した問題ではないのだろう。

「輪舞《ロンド》だというのに、なにを争っているんだか」

はあ、とため息をつきながら、ラーシュがひとりごちる。

舞踏会の最初のダンスは、輪舞であることが多い。壁際で談笑していた人たちも、ゆるゆると中央に向かって足を進め始める。

エリオットと令嬢二人も、どうやらエリオットを挟んで三人で手を繋ぐことで話はついたらしく、楽しげに歩き出した。

「ジュリアン殿下」

「はい」

呼びかけると、彼はこちらを見上げてくる。

「輪舞です。行きましょう。エイゼンの踊りとは違うかもしれませんが、簡単なので周りに合わせれば大丈夫かと」

私は彼に手を差し出す。するとしばらくその手を見つめていたジュリアン殿下は、照れくさそうに笑った。

「お誘いいただき嬉しいです」

そうして私の手に、自分の手を乗せてきた。

◇

輪舞も終わり、私たちはまた壁際に集まって歓談を始める。

ジュリアン殿下は少し顔を紅潮させていて、楽しそうだった。退屈なのではないかと心配していたので、心の中で安堵の息を吐く。

「ステップをたくさん間違えてしまいました」

頭の後ろを掻きながら、彼はそんなふうに恥ずかしげに反省していた。

「初めてなんだから当たり前ですよ」

「見ていましたけれど、わかりませんでしたよ」

ラーシュとマルセルは、慰めの言葉を口にしている。

私も彼に向かって声をかけた。

「ええ、隣で踊りましたからわかりますが、初めてなのによくついてきておられました。あれだけ踊れれば十分すぎるほどです」

常日頃、よく人を見ているからなのか。そして周りに合わせようとする癖が活きたのか。とにかく彼は、輪舞に関してもそつなくこなしてみせた。

「やはりエイゼンとは踊りが違いましたか？」

そう問うと、ジュリアン殿下はこくりとうなずいた。

「かなり似ているようには思います。けれどエイゼンのほうが簡素ですね」

「そうなんですか」

「そもそも、輪舞は主流ではないので」

「へえ」

「二人一組で踊る社交ダンスがほとんどかと思います」

「ではそちらは、お得意？」

「得意と言えるほどではないですが、一応、習っています」

そのとき、ちょうどよく次の曲が流れ始めた。各々パートナーを伴って、二人一組で踊る曲だ。

こちらは二人同時に、とはいかないので一人を選ばなければならないが、どうやらマティルダがエリオットのお相手を勝ち取ったようだった。

フレヤは頰を膨《ふく》らませていたが、家族が宥めているのが見えたので、安心する。

大人たちの中で、子ども二人が踊るのを見るのは微笑ましいものがあるのか、エリオットとマティルダを見る皆の視線も優しい。

「ああ、こちらは同じですね」

二人を眺めていたジュリアン殿下がそう話し出す。

「同じ踊りですか」

「はい」

「でしたら、踊りましょうか」

そう提案したが、ジュリアン殿下は驚いたように身を引いた。

「踊りたいのは……山々ですが……でも」

なぜか、もごもごと口ごもっている。首を傾げて次の言葉を待つと、彼は少し言いにくそうに続けた。

「その……身長が……」

「ああ」

納得して首肯する。

確かに相手が私だと身長差がありすぎて、不格好なダンスになってしまうだろう。私と踊って恥を掻かせてはいけない。

「では、あとでマティルダかフレヤを誘いますか？」

「えっ」

彼女たちなら身長もちょうどいいかと思ったのだが、なにやら驚きの声を上げられてしまった。

「あの……大丈夫なんですか」

「なにがでしょう」

「ダンスは……その、恋人とか夫婦とか婚約者とか、もしくは意中の相手と踊るものでは……？　変な誤解をされては……」

「ああ、エイゼンではそういうものなんですか。いえ、そんなこだわりはありません。だってほら、エリオットだって……」

そこまで言いかけて。

ラーシュが呆れたような半目で私に視線を向けているのが見えた。

うん？

「なんだ、ラーシュ」

「いえ……なんでもないです」

「その顔は、なんでもないようには見えないのだが」

そう問い詰めるとラーシュは頭を掻いて、しばらく唸《うな》ったあと肩を落とした。

「……まあ、後学のために教えておきますが」

「ああ」

「確かに、そういう関係でなくとも踊ることはあります。家族とか大切な人とか……騎士とか。けれど基本的には我が国でも、意中の相手を誘うことが多いですよ。ただ、一緒に踊ったからといって、両想いだとは限らないのが難しいところですが」

「え？　ちょっと待て」

私は顎に手を当てて考え込む。

「私も誘われたことは多々あるが、そういう感じではなかったが」

「姫さまの場合は、仮にも王女ですから」

「仮にもって」

「滅多に会えない高嶺《たかね》の花と踊っておきたい、という憧れの気持ちなんじゃないですか」

「そう……なのか。あ、いや、ちょっと待て」

頭の中が整理されないうちに、新たな疑問が湧いて出てきた。

「じゃあ、マティルダがエリオットを誘うのは理屈に合わない」

「合わない？」

「だって、どう見ても彼女は……え、いや、待て。え？」

思考を巡らす私に、誰も話しかけてこない。だから私はゆっくりと考える。

これはもしや、ラーシュが言うところの『そのうちわかる』ということではないのか、という気がした。

ならば、真剣に考えなければならない。

「ええと、マティルダはいつもエリオットを誘うよな？」

「そうですね」

「ということは、意中の相手……？」

「いやまあ、そこはなんとも言えませんが」

ごにょごにょとラーシュが返事をする。

エリオットは王子なのだから、先ほどの『仮にも王女』のパターンに当てはまる。しかしマティルダは王家と親しくしている侯爵家の娘だし、エリオットを高嶺の花とするのは違う気がする。

とすると、意中の相手と見做《みな》したほうがいいだろう。で、このまま考えを進めてみるとだ。

「では好意を寄せている相手に、マティルダはあの態度なのか？　なぜ？」

「なぜ……なんでしょうね」

目を逸らしたまま、ラーシュがそう答える。答えにはなっていない。

だから自分でもしばらく考えてはみた。みたけれど。

「なぜだろう。わからない」

「わからなくていいですよ、もう」

ガックリと肩を落として、返される。なぜか憐《あわ》れみの目で見られている気がした。

同じ目をしたジュリアン殿下とマルセルも会話に加わってくる。

「確かに、素直でないのは感心できませんけどね」

「でもそれが乙女心というものだと思います」

「どうしてこんなことになったんでしょう……？　さすがの俺もここまでとは」

「まあ、王女として育ったのですから、恋愛ごとに疎《うと》いのは仕方ないのかも」

「けれど、騎士殿の責任もあるんじゃないですか。過保護すぎたんですよ」

「そうかも……」

ラーシュは両手で顔を覆ってしまっている。

その様子を見て、とにかく私が非常識らしい、ということは理解した。

「どうもこのところ、私の中の常識が崩れてきている気がする……」

そう口にすると、ますますそれが事実として押し寄せてきたような気分になった。

いつからだ？　と考えて、チラリとジュリアン殿下に視線だけを向ける。やはり彼がこの国にやってきてからだ。

私の世界が変わりつつある……彼がそのきっかけになっているのでは、という思いが湧き上がってきたとき。

私の視線に気付いたジュリアン殿下は、こちらを見上げてくると、立てた人差し指を自分の口元にやった。

「マティルダ嬢にも、エリオット殿下にも、言ってはいけませんよ。内緒です」

「はい……」

八歳近くも年下のジュリアン殿下に諭《さと》されてしまった。情けない。

「けれど、好意を寄せているのならば、相手にも好意を寄せてもらいたいと思うものなのではないかと思って」

「それはそうだと思います」

「だとしたら、あの態度では逆に嫌われてしまうのでは」

するとジュリアン殿下は困ったように眉尻を下げて答える。

「わかっていても、人は、本当の気持ちを言えなくて、嘘をついてしまうときがあるのではないかと思います」

「どうしてでしょう」

「さあ、そこは……人それぞれなんじゃないでしょうか」

「難しいですね」

「難しいです」

なぜ私は、十歳の少年に、こんなことを尋ねているのか。

ラーシュが以前、私に言った。

『俺からすると、姫さまが大人とは思えないんですけどね』

つまり私は、おおよそ八年も長く生きていながら、ジュリアン殿下よりも子どもなのだろう。

「反省しきりです……」

そうつぶやいてうなだれると、殿下は苦笑いを浮かべた。

「では、いつも誘われた相手とダンスを踊るという感じなんですか」

「まあ……そうなります。舞踏会に参加すること自体が少ないのですが」

「招待された舞踏会にすべて参加していると身体が足りませんし、王族の出席を巡って貴族同士の要らぬ喧嘩に発展することもあるので、今は兄が出欠を管理して、よほど重要な集《つど》いでないと参加しないことにしております」

「そうなんですか」

「なるほど、それで『滅多に会えない高嶺の花』なんですね」

ジュリアン殿下は先ほどのラーシュの発言を引き合いに出して微笑む。

「高嶺の花というのは言いすぎでしょうが、参加をした会としなかった会の主催者で言い争いになったことがありまして。単純に日程の都合だったのですけれど」

実際のところは王族の舞踏会の参加の可否というものは、政治的な意味合いが強くなる。それはもう仕方ない。

私の場合は、この主催者の争いをきっかけに、『逆に希少さがあるほうがいい』と兄が提案してきたのだ。だから私はそれに従っているのだ。それだけだ。

なので『高嶺の花』とは過ぎた言葉なのだ。むず痒《がゆ》い。

ジュリアン殿下は私のほうに顔を向け、そして目を細める。

「『高嶺』に咲いているかどうかはわかりませんが」

「え、はい」

「カリーナ殿下には、凛《りん》と咲く高貴な花の印象があります。たとえば、燕子花《かきつばた》や百合のように誇り高く綺麗な」

「え……」

今まで生きてきて言われたことがないような美辞麗句《びじれいく》に、私は思わず動きを止めてしまう。

そんな私を見たジュリアン殿下は、ハッとしたようにこちらを見つめ返してきて、もごもごと口ごもった。

「えっと、だから、『言いすぎ』ではない……と思います」

そう締めると、頬をほんのりと赤く染めて俯いた。

「い、いや、そんなことは」

私は慌てて顔の前で手を振る。どちらも気高い印象の美しい花で、それらに喩《たと》えられると光栄ではあるけれど、落ち着かない。

おまけに、ジュリアン殿下まで照れさせてしまった。なんとか私を褒めようとがんばってはみたものの、さすがに褒めすぎたと思ったのかもしれない。

気を使わせてしまった。ちょっと心苦しくもなってくる。なんとか空気を元に戻さないと。

そんなふうに私が心の中でアタフタしていると、ジュリアン殿下のほうから話し始めてくれた。

「で、では舞踏会に参加したときには、ダンスの誘いがすごいでしょうね」

どうやら軌道修正をしてくれたらしい。申し訳ないが、助かった。私は安堵して肩の力を抜いて答える。

「ありがたいですけれど、誘ってくださったお相手に恥を掻かせてはいけないと、お断りすることも多々あります」

「恥？」

「社交ダンスは苦手なので」

「へえ」

舞踏会に参加すること自体が滅多にないのだから、当然、踊る機会も滅多にない。結果、ダンスは苦手になってしまった。

「だから私は、兄や父、それからラーシュと踊ることが多いです」

とはいえ父は母と踊ることがほとんどだ。兄はたくさんのご令嬢から誘いを受けるので、なかなか順番は回ってこない。

だからもっぱら相手はラーシュだった。

けれどジュリアン殿下と私の身長がちょうどよくなる頃には、私もちゃんと踊れるようになっていなければならないだろう。

そんな日が来るのはちょっと想像がつかないが、練習はしておかなければならない、と心の中で誓う。

そのとき曲が終わった。向こうでは、フレヤがマティルダをエリオットから引っぺがしているのが見えた。次の曲は自分だと主張しているのだろう。

つまりあれは、エリオットに好意を寄せる少女二人が争っている図、というわけだ。

板挟みになっているエリオット自身は、どう思っているのだろう。二人の気持ちには気付いているのだろうか。私の弟だから、そこは怪しい。

ジュリアン殿下は面白そうにその光景を見つめたあと、こちらを見上げてくる。

「カリーナ殿下は、踊らなくていいのですか？」

「いえ、私は……」

我が国でも基本的には婚約者と踊る、というのならば、私のパートナーはもちろんジュリアン殿下だ。

それにそもそも、この親睦会は彼を歓迎するためのものだ。殿下を放って踊るわけにはいかない。

すると彼は、こう提案してくる。

「ラーシュと踊ってきてください」

「え、いえ」

もしかしたら気を使っているのだろうか。

ジュリアン殿下がいるからか、誰も私を誘いに来ない。このまま一曲も踊ることなく終わる可能性もある。

私はダンスが苦手だからそれでも構わないのだけれど、ジュリアン殿下にしてみれば、私をずっと壁の花にさせておくのは気が引けるのかもしれない。

「見たいです」

彼は笑みを浮かべて、そう重ねてくる。

「でも、先ほど申しましたけれど、下手なのです」

「ではなおさら、見たいです」

私はその返事に、思わず口をあんぐりと開けてしまう。

まさかそう返してくるとは。

「けっこう……意地悪なことを仰いますね？」

「私のことを、少しは知れましたか？」

その発言にしばし言葉を失ったあと、小さく笑いが漏れた。

私が言ったのだ。彼のことを知りたいと。

褒められたり、意地悪されたり、どうやら彼と一緒にいると、感情が乱高下させられるらしい。しかもまるで嫌な気持ちにならない。それは新しい発見だ。

「ええ。ではそういうことなら」

彼の意地悪に乗って差し上げようではないか。下手なダンスを笑われたとしても、彼が楽しいのならばそれでいい。

だから私は顔を上げて、マルセルとなにやら会話していたラーシュを呼ぶ。

「ラーシュ、踊ろう」

「えっ……いいんですか」

呼ばれた彼は、私とジュリアン殿下の顔を見比べて、そう問うてくる。

「ああ、ジュリアン殿下は私のダンスが見たいんだそうだ」

「いや、でも」

意中の相手と踊る、という話をしたばかりだからか、ラーシュは戸惑うような素振りを見せて動かない。

「なにを今さら」

「いや、今さらなんですけど、今まではお相手がいなかったから」

「大丈夫ですよ、婚約者である私が許可したんですから」

にっこり笑って挟んできた言葉に、ラーシュは躊躇いながらも「では……」と、こちらにおずおずと手を差し出してきた。

私はその上に自分の手を乗せたが、ふと気になって、ジュリアン殿下のほうを振り返る。

「あっ、けれどラーシュと踊るからといって、恋愛感情があるわけではありませんよ。そこは誤解のないように」

「はい、わかりました」

「いつものことですから。彼は騎士ですし」

「だから、わかりました」

本当にわかっているのだろうか。彼は相変わらずニコニコしているし、言葉に感情が乗っていない気がする。

「ジュリアン殿下も、どなたかと踊ってもいいんですよ」

「わかりましたって」

そろそろ面倒そうな返事になってきたので、私はラーシュのほうに身体を向ける。

「では行こうか」

「はい。でも、本当にいいんですか」

「いいだろう。ラーシュとは恋愛感情があるわけでもないし、ここにいる皆、それは知っているんだから、心配されるようなこともない」

「……はい。そう、ですね」

そうしていつも通り、広間の中央に向かって歩き出す。

すると。

「なるほど、無神経か……」

ぼそりとジュリアン殿下がつぶやいたのが聞こえた。

◇

「あまりに下手だ下手だと仰るから、どんなものかと楽しみにしていたんですが、とても素敵でしたよ」

踊り終えてジュリアン殿下のもとに戻ると、彼は朗らかな声でそう感想を述べた。

意地悪な発言が続くかもしれないと考えていたのだが、やはりそこは抜かりなく、当たり障《さわ》りのない賛辞を口にしている。

「ありがとうございます」

ここは先ほどの仕返しとして、なにか言ってやろうかとも思ったが、いい返答が見つからない。やはり私には、なにか含んだような発言は難しい。

「ラーシュも。お上手でしたね」

「……ありがとうございます」

ジュリアン殿下は続いてラーシュにも声をかけたが、ラーシュのほうは、どうにも歯切れの悪い様子で返答している。

「姉上ー！」

すると、またエリオットがパタパタと私たちがいるところに駆け寄ってきた。可愛い。

どうやらご令嬢たちの相手に疲れた様子だ。

「僕も交ぜてください」

そして逃げてきたらしい。

しかしマティルダは逃がしてはくれないのだった。

「わたくしもご一緒させていただきたいですわ。よろしくて？」

続いてやってきたマティルダは、一応はそう訊いてきたが、有無を言わさぬ響きがあった。

「ええ、どうぞ」

笑みを浮かべたジュリアン殿下は、そう快く了承する。

エリオットのほうはといえば、仕方ないか、と諦めの表情だ。

マティルダは、安心したように肩の力を抜いている。

なるほど、マティルダがエリオットに好意を寄せているのでは、という疑惑を抱いてからだと、彼女の行動の意味が違ったものに見える。

私がそんなことを考えているのがわかったのか、ジュリアン殿下は私に目配せをしてきた。

先ほど「内緒です」と約束したことを違《たが》えないように、という確認だろう。だから私は小さくうなずき返す。

フレヤは来ないのだろうか、と振り返って見てみると、彼女は家族と一緒にいて、他の一家と話をしている。家族ぐるみの付き合い、ということでその場を離れられないのだろう。少し悔しそうにチラチラとこちらに視線を向けてきていた。

「ジュリアン殿下は、マッティアには慣れまして？」

マティルダはそう殿下に話しかけている。

「どうでしょうか。まだ知らないこともたくさんあるようですし。けれどカリーナ殿下やラーシュにいろいろ気遣っていただいて、少しずつ慣れてきているように思います」

これまた、優等生な返答をしている。

「では王家の山には入ったのですか？」

「……山」

マティルダが発した言葉に、ジュリアン殿下は笑顔を顔に貼りつかせたまま固まってしまった。

しかしマティルダはその表情には気付かない様子で、興奮気味に続ける。

「わたくし、王家の山には入ったことがないんですの。でもジュリアン殿下はカリーナ殿下とご結婚なさるのですもの、きっと許可が出ますわね。羨ましいですわ！」

「許可？」

なにを言われているのかわからない、というふうなジュリアン殿下に、私は補足する。

「王家所有の山は、今は兄が管理しております。兄が許可しなければ、入山はできません」

「そう……なんですか」

「はい」

私はうなずいて答えるが、それでもジュリアン殿下はなにか釈然としないようだった。

「マティルダには危ないよ。初めての山は、もっと慣れた人でないと」

エリオットがそう横から口を出してきた。それが不服だったのか、マティルダはエリオットに食ってかかっている。

「でも先日、わたくしの罠《わな》に、兎がかかりましたのよ！」

「……罠」

ジュリアン殿下は、ぽつりとそう口にすると、今度こそ黙り込んでしまった。

「すごいでしょう、わたくしも成長したのですわ。エリオット殿下はあれから捕まえまして？」

「いや……最近、行ってないし」

「まあ、じゃあわたくしのほうが上手くなりましたわね」

「そもそも僕は、罠猟はあまりしないから」

「罠猟は繊細なんですのよ。エリオット殿下には難しいかもしれませんわ」

そうやって、また憎まれ口を叩いている。

けれど確かに罠猟は簡単そうに見えて難しい。いくら仕かけたところで、その上を獲物が通らなければ意味がないのだ。

二人の応酬を黙って聞いていたジュリアン殿下は、首を捻りながら口を開く。

「あの、すみません、ちょっと理解が追いついていないのですが」

理解が追いついていない、とは意外な発言だ。ジュリアン殿下はなんでもすぐに呑み込むような気がしていた。

「マティルダ嬢は、狩りをなさるんですか？」

「ええ、わたくしは罠猟が得意なんですの」

マティルダは胸を張って堂々と答える。

ジュリアン殿下は目を瞬かせて、しばらく考え込んだあと、私のほうに顔を向ける。

「マッティア王国は狩りが盛んだというのは知っていましたけれど……貴族のご令嬢でも、するんですか……？」

「え？　はい、もちろん」

「もちろん」

私の言葉をおうむ返しにして、そのまま絶句してしまっている。

そうか。彼はきっと、我が国の特性というものは勉強してきただろう。けれど、それがどれくらい一般的なのかとか、そういう感覚的な部分は、わからないものなのかもしれない。

「マッティアでは、貴族も庶民も、男も女も、生涯のうちに一度は絶対に狩りをします。それは食糧や資源を確保するためのものではありますが、私たちは自然とともにあるのだと学ぶ意味もあるのです」

私の話をじっと聞いていたジュリアン殿下は、おずおずと訊いてくる。

「つまり、カリーナ殿下も……？」

「はい。私は弓を使うことが多いです」

「そ、そうなんですか」

私の説明を聞いても、まだすんなりとは呑み込めないらしい。これは、実地体験が必要なのではないかと思い至る。

「ジュリアン殿下」

「は、はい」

「今度、狩りに出かけましょう。兄には私が許可を取ります」

「……私が、狩り？」

「はい」

「でも、危険なのでは……？」

「私が付いていています。ラーシュも」

「できる……でしょうか」

「ジュリアン殿下ならきっと大丈夫です。ダメでも、この季節なら誰かは狩れると思いますし。ちゃんと料理長には知らせておきますから、美味しいお肉を食べましょう」

「……は？」

「美味しいお肉です」

重ねてそう言うと、彼は呆然と私を見上げてきた。

「ああん、羨ましいですわ！」

背後では、マティルダがそうはしゃいだ声を上げていた。

◇年下王子の胸の内　～不安を抱えて眠る夜～

親睦会が終わり、自室に戻ると着替えてベッドに潜《もぐ》り込む。

最初はなにかするたびに、たとえばベッドで寝るという習慣的で些細なことでさえ、ああ違うのだ、と戸惑ったものだが、いつの間にか慣れてしまった。

正直なところエイゼンを出てしばらくは、このマッティアという国で、自分が上手くやっていけるかどうか自信がなかった。

なにもかもが、違う。王家の人間が集まって毎食食事をともにするのも、親睦会の規模も、自分についている従者の数も、エイゼンでは考えられないことだらけだった。

騎士であるラーシュが、仕えている人間の前で座る、というのを見たときには、話には聞いていたが本当に驚いた。

けれど、嫌ではなかった。しきたりと慣習にガチガチに固められたエイゼンよりも、私にとっては暮らしやすいのではないだろうか。

きっと上手くやっていける。これからの人生が楽しみなくらいだ。

けれど、少し心配なこともある。

どうやら私の婚約者であるカリーナ王女は、恐ろしく朴訥《ぼくとつ》とした人間のようだ。

純真に見せようと演技でもしているのかと思ったが、どうもそれが素の表情らしかった。よく今まで王女として生きてこられたものだと感心するほどだ。

王女は裏表のない人間だという話も出た。そんな人物が存在しているなんてにわかには信じ難いが、周りの反応を見るに本当なのだろう。

けれど、無神経、とラーシュは評した。そして残念なことに、否定できなかった。

というか、ラーシュは間違いなくカリーナ王女を女性として慕っていると思うのだが、どうやら当の本人に気付かれていないようだ。

節度を持って接しているように見えるし、放っておいても大丈夫とは思う。でもよくよく考えれば、私は彼女の婚約者なのだ。だとしたら、いくら騎士でも、いずれは排除しなければならないのだろうか。

とはいえ、十歳の私に対して恋愛感情を抱け、というほうが無理がある。そもそもこれは政略結婚なのだから、愛し合う必要もない。形ばかりの夫婦だなんて珍しくもなんともないし、むしろエイゼンの王侯貴族は、形式的な結婚をしている夫婦ばかりだった。

だとしたら、カリーナ王女がラーシュを愛人として扱う未来もあるかもしれない。彼女が彼の想いを受け入れれば、だが。

そのことに目くじらを立てるのは、夫として狭量《きょうりょう》というものなのだろう。

だって彼女は綺麗な人だ。親睦会では美しく着飾っていて、さらに輝きを増していた。だから思わず兄上たちが使っているような、歯が浮くような言葉が口から滑り出てしまったのだ。

私のような子どもが女性を花に喩えたりするような、あんな賛辞を口にするなんて、カリーナ王女だって戸惑ったことだろう。

だから真顔でこちらをじっと見返してきたのだ。あの表情を見ていると、身の丈に合っていないことをしてしまった気がして、穴にでも入りたいような気分になった。

そんな彼女を、周りが放っておくはずはない。私がそれを制止すれば、逆に、あんな子どもに縛られて可哀想に、なんて噂になってしまう可能性もある。

政略結婚などそんなものだ。よく知っている。たくさん見てきた。

それなのに、どうしてだろう。今、こうして考えを巡らせているうち、胸の中になにかモヤモヤしたものが広がってきて、先ほどまで思い浮かべていたマッティアでの楽しげな未来が、急激に色あせてくるのだ。

なんだか気持ち悪い。すっきりしない。このままでは嫌な夢でも見そうだ。なにか楽しいことを考えよう。

そうだ。そういえば、狩りに行くという話になったのだった。

狩り……狩りって、大丈夫なんだろうか……。マッティアに来る前に、国民皆が狩猟をするお国柄だというのは本を読んで知った。この国の狩りは、エイゼンの王侯貴族たちが嗜《たしな》みとして行う狩りとはどうも一線を画しているらしい。

エイゼンの狩りは、狐とか鳥とかを森に入って仕留めるものだ。しかも噂によると動きを止めるのは従者の仕事で、王侯貴族たちはとどめを刺すだけだと聞く。

そんな狩りでも、私はまだ幼いし危ないからと連れていってもらったことはない。マルセルも未経験だという話だった。

まずい。楽しいことを思い浮かべるつもりが、ますます不安になってきた。

本当に、大丈夫、なんだろうか……。

◆一緒に狩りをしました

兄に事と次第を説明し、無事に許可も下り、そして狩りの日がやってきた。

「そういうことなら、私も参加します」

というわけで、兄までやってきた。満面の笑みだ。

兄と私とラーシュと、ジュリアン殿下とマルセルの五人は城門前で円になって集まっている。

ジュリアン殿下は狩りに適した服を持っていなかったので、急遽、エリオットのものを借りていた。

「乗馬服でいいかと思っていたんですが……」

「できなくはないですが、やはりなるべく怪我しないようにしないと」

弓を背負ったり鉈やナイフを携帯するための剣帯も装着したりするから、あまり重装備にして動けなくなってもいけない。革のブーツと手袋とベストで最低限身を守るが、それ以外は薄手の布で作られた服だ。

兄やラーシュは慣れたものだから軽量化のほうを重視して、いろいろと省いた服装ではあるが、初心者のジュリアン殿下はそれではいけない。

慣れぬ服装に戸惑っている様子のジュリアン殿下を眺めながら、兄が私に向かって話しかけてきた。

「オークランス伯爵領では、皮の鞣《なめ》し技術に優れた職人が育っているようだよ」

「そうなんですか。ではもう少し柔らかくて軽い革もできるでしょうか」

「きっとね」

軽い革ができたら、今は重そうにしているジュリアン殿下も楽になるだろう、などと考える。

「では本日はよろしくお願いします」

そう挨拶して、マルセルが頭を下げる。

「ご迷惑をおかけするかもしれませんが……」

「マルセルは、とにかくジュリアン殿下をお守りすることを考えてください。狩ろうとはしなくていいですから」

にこやかに兄がそう指示している。それにマルセルは神妙な顔をして首を縦に動かした。

「コンラード殿下もいらっしゃるとは、心強いです」

ジュリアン殿下がそう話しかけると、兄は「お任せください」と胸に手を当てている。

「そろそろ私も狩りに出たいと思っておりましたし、ちょうどよかった」

「そうなんですね」

「今から行く山は王家の山なので、管理もしないといけませんから」

「管理、ですか」

「最近、鹿が下りてきて畑を荒らすことがあるそうなので、ちょっと様子を見ておかないと。遭遇できたら仕留めてやります」

「なる、ほど……」

ジュリアン殿下は、なにやら心配そうに眉を曇らせた。なので私は声をかける。

「大丈夫です、兄ほど山を知る人間はおりません。兄がいれば百人力です」

「は、はい」

なぜか殿下はますます不安そうな表情になった。やはり初めての狩りは、なにを言われても心許ないものなのだろう。

「じゃあ、行きますか」

ラーシュがそう声を上げると、皆がうなずく。

兄は単騎で馬に跨《また》がり、私たちはラーシュが操る荷馬車の荷台に乗り込んだ。

兄がいるなら大物が獲《と》れるかもしれない。だとしたら荷馬車の用意は必要だ。けれどこの荷馬車に乗り切らないほど狩る必要もない。それが山を管理するということだ。

動き出した荷馬車の荷台で、ジュリアン殿下とマルセルは、ソワソワとあたりを見回している。

初心者である彼らに、なにか注意しておかなければならないことはあるだろうかと考えて、あ、とひとつ思いつく。

「ジュリアン殿下」

「は、はい」

呼びかけると、彼は戸惑うようにこちらを振り向いた。

なにを言われるのだろうかと身構えている様子だ。やはり緊張しているのだろうか。

「今後、私のことはカリーナとお呼びください」

「えっ」

「マルセル殿も」

「ええっ？」

二人は驚いたように声を上げる。特にマルセルは目を丸くしている。

しかしこれは、守ってもらわないといけない。

「敬称もなにも必要ありません。ただ、カリーナと」

「いや……そんな、畏れ多いことです……」

「でも危険が迫れば、敬称など邪魔なだけです。極力、簡潔にお互いを呼ぶべきですから。どうぞ遠慮なく」

「あっ……ああ……」

「ですから私も、敬称は省かせていただきます。申し訳ないのですが」

「は、はい」

「敬語もけっこうです。情報を早く伝えることが最優先なので」

「はい……」

「本当に、気にしなくていいですよー」

御者台から、振り向かないままラーシュが声をかけてくる。

なぜかジュリアン殿下とマルセルは、ますます不安そうな顔になっていた。

そうして落ち着かない空気の中、ゴトゴトと荷馬車は進んでいく。そしてたどり着いた山の入り口で待っていたのは、兄の馬だけだった。

「もー、コンラード殿下は……」

入り口の木に繋がれた馬を見て、ラーシュはがっくりと肩を落としている。

兄の馬は足元の草をのんびりと食《は》んでいた。

「先に行って、目印でも付けてくれているのだろう」

私は荷台から飛び降りながら声をかけて、山の中に目を向ける。

「ああ、本当ですね。なんだ、待ち切れなかったのかと思いましたよ」

入り口から入ってすぐの木の枝に小さな白い布が結びつけられていて、ヒラヒラと風に揺れていた。

私は荷馬車を振り返り、そろそろと荷台から降りてくる二人に声をかける。

「兄が、安全な道を選んでくれているようです。その先に兄もいます」

「そうなんですね」

安全、と聞いて、少し安堵したように二人は息を吐いている。

「では行きましょう、ジュリアン」

そう呼びかけると、彼は目を瞬かせながら私を見つめ返してくる。

うん？

「えっと、先ほど言いました、よね？」

「あっ、ああ、なんとなく慣れなくて」

そうして身体の前で手を組んで、上目遣いで私に視線を向ける。

「で、では……行きましょう、……カリーナ」

「はい」

私が返事をすると、ジュリアンははにかんだ笑顔を見せた。

◇

兄の目印に沿って、山の中を歩いていく。先陣を切るのはラーシュで、私は殿《しんがり》を務めて、最後尾についている。

とはいえ、さすがは兄だ。山の中に入るのは初めてのジュリアンやマルセルでも、楽に歩ける道を選んでいる。

私は前を歩くジュリアンに、背中から声をかけた。

「ジュリアン、足元や木の根元をよく見て」

「あっ、はい。危ないですものね」

「それもあります。あと、獲物の気配を探さねばならないので」

「気配」

ジュリアンは私の言葉をおうむ返しにして黙り込む。

「そこ」

先頭を行くラーシュが、近くに伸びていた木を指差す。ミズキの木だ。

「樹皮が剝《む》けているでしょう。鹿が食べたんです」

「へえ」

ジュリアンとマルセルは感心したように、何度もうなずいていた。

私はラーシュの説明に補足する。

「食べてから時間が経っているみたいです。この辺にはもういないかも」

「なるほど」

最初はおどおどとしていた二人も、そう解説しながら山の中を歩いていると、次第に目を輝かせ始めた。

「わかりますか？　これ、鹿の足跡です」

「……よく、わかりません。普通の穴となにが違うのか……」

マルセルは地面を見つめて首を捻っている。

「まあ、慣れるとわかるようになりますよ」

「そんなものですか」

「あの、この木に泥が擦りつけられているような」

ジュリアンが近くの木を指差す。

「あ、本当だ。見逃してたなあ」

「猪が泥浴びをした跡ですね」

「よく見つけましたね」

皆が感心した声を上げると、ジュリアンは照れくさそうに頬を染める。

おそらくは、ここにいる他の人間よりも身長が低いため、獣が付ける跡に気付きやすいのだ。これはなかなかの戦力かもしれない。

二人は話を聞いているうちに、俄然《がぜん》やる気になってきたのか、あちらこちらに目をやっている。

「足を滑らせないように」

「あっ、はい」

慣れてきた頃が危ない。私はそう小声で注意を促す。

気を抜くと危険なのがわかったのか、ジュリアンもマルセルも、道を踏みしめるようにして歩き始めた。

　すると。

　カサリ、という音が耳に届いた。私はその場で足を止める。

「カリーナ？」

「しっ」

　視線を動かさないまま、唇に人差し指を当てる。

　それを見た三人ともが、動きを止める。獲物がいるのだ、ということはわかったのだろう。

　今歩いていた道の左側には、かつて川だったのか、広くくぼんでいるところがある。そしてその向こうには平地があり、その先に上に伸びる傾斜がある。狙いは平地の茂みの中。

いる。キジだ。茂みに隠れている。黒い首に目の周りの赤が鮮《あざ》やかだ。チラチラと茂みの隙間から見え隠れしている。間違いない。

　私は背中に背負った弓を取り、なるべく音を立てないように矢を矢筒から取り出すと、まっすぐに構えた。

　幸い、キジと私との間に、障害と呼べるものはない。キジの背後の傾斜は、矢がどこかに飛んでいくのを防いでくれる。いい場所にいてくれた。

　矢を弓に乗せ、弓弦《ゆみづる》を引く。

　届くかどうか、ギリギリのところだ。

　めいっぱい後ろに引き、そして矢じりと視線を合わせた。

　ジュリアンが目を輝かせて私をじっと見上げているのが目の端に映る。

期待しているのだろう。絶対に仕留めなければ。

私は狙いを定めると、矢筈《やはず》を持っていた手を放す。

矢は風を切ってまっすぐに飛んでいき、そして。

「当たった！」

ジュリアンの声が響いた。

私は構えを解くと同時に、駆け出す。

「カリーナ？」

「行くぞ！」

「えっ」

「早く！」

見失ってしまうかもしれないし、狐にでも先に見つけられるとまずい。

私は滑るようにくぼみに下りると、そのまままっすぐに平地に向かった。

後ろを振り返ることなく、木の根や石を避けながら、ただ自分の放った矢が向かった方向に走る。

足音は聞こえるから、誰かがついて走ってきているのはわかった。この音は、おそらくジュリアンだ。

マルセルとラーシュは遅れて追っているようだ。

しかし山に慣れている私と違って、おぼつかない足音は次第に遠くなっていく。

けれど私は構わず走った。マルセルとラーシュがいるなら大丈夫だ。

平地の草むらに入ると、私は先ほどの茂みを目で探す。あった。私の矢が見えた。

そちらに駆け寄ると、茂みを掻き分ける。すると、首元に矢が刺さってピクピクと震えるキジがいた。

大物だ。身体が大きい。ちょうど、飼育されて丸々と太ったニワトリくらいの大きさだ。だからこそあの距離でも当たったとも言えるか。

私はキジから矢を抜くとそのあたりに転がした。それから腰の剣帯に佩《は》いていた小型の鉈を引き抜く。

「カリー……」

私は鉈を振り上げると、それをそのまま振り下ろした。

一息で首を切り落とされたキジの尾の根元を摑むと立ち上がり、目の前に掲げる。よかった、素早く血抜きができた。

すると、カサ、と背後で草を踏んだ音がした。ジュリアンが追いついたのだろう。そういえば、先ほど声がした気がする。急いでいたから、意識から追い出してしまったのかもしれない。

そちらに顔を向けると、やはりジュリアンがそこに立っていた。

「今日の夕餉はキジですね」

キジを手にしたままジュリアンに向かって、にっこりと笑うと、彼は少し身を引いた。

「あ、ああ……」

喜んでくれるかと思ったけれど、彼はおどおどとこちらを眺めている。

「ジュリアン？」

「あ、いや……」

「姫さまー！　見つけましたー？」

向こうからラーシュの声が聞こえる。

「見つけたぞー！」

大声で返すと、しばらくしてから、ラーシュとマルセルがやってきた。

肩で息をしているマルセルのほうは、顔色が悪い。走るのは苦手なのだろうか。

「ああ、よかったですね。……っと」

ラーシュはジュリアンのほうに視線をやってから、私のほうに顔を向けた。

「血抜き、やっちゃったんですね」

「え？　やったが？」

「初心者にはちょっと厳しいのでは」

「だから初心者にやらせずに、私がやったんだが」

「いや、初心者に見せるのはちょっと」

「そうか？　いや、でも、慣れなければ」

マッティアでは子どもだって狩りをする。最初は怖がっていた子どもだって、しばらくすれば、それは当然のことなのだと理解するし、慣れるのだ。

「あ」

けれど、そうか。それでも子どもたちはマッティアで生まれ育っているから、大人たちが狩りで仕留めた動物たちを、目にしながら生活する。

まるでそんな経験のない人間には、きついものかもしれない。

特に、エイゼンの王子であるジュリアンには。

マルセルが顔色を悪くしているのも、ジュリアンが立ちすくんでいるのも、私のせいだ。

また無神経だった、と肩が落ちる。

しかし。

「ならば、慣れる」

ぼそり、とジュリアンがそう零して、顔を上げた。

きっぱりとした、凛とした表情だった。

「それがこの国の流儀というのなら、慣れる」

その宣言を聞いて、ラーシュの口の端が上がった。

◇

私たちは脚を縛って逆さ吊りにしたキジを持って、元いた道に戻る。

「この先に、小川があるだろう。そこに行こう」

ラーシュにそう提案すると、彼はうーん、と首を捻った。

「でも、コンラード殿下の目印からはちょっと遠いですよね」

できればすぐに小川に行って、早めに内臓も処理してしまいたいと思ったのだが、言われてみれば確かに。

兄の目印は、小川のほうには向かっていない。血抜きはしたから、兄と合流してからでもいいか、と考え直す。

「とにかく、兄上と合流しよう」

私がそう提案すると、三人ともがうなずいた。

それから、ラーシュがこちらに手を差し出してくる。

「俺が持ちます。大きいし」

「そうか。では頼む」

腰にぶら下げていた革袋を外して、逆さ吊りにしていたキジを中に突っ込む。それをラーシュに手渡すと、彼は革袋を肩からかけた。袋の口から縞模様の長い立派な尾がはみ出して揺れる。うん、やはり大物だ、とこっそりと悦《えつ》に入った。

そうして歩き出してから、すぐのことだ。

「あ」

先頭を行くラーシュが足を止める。

もしやまた獲物か、と私は身構える。しかしラーシュは頭を掻いた。

「どうした？」

「鹿ですけど、さすがにちょっと遠いですね」

「え、どこだ？」

「あそこ」

ラーシュが指を差す方向に目を凝らす。確かに木々の間に立派な角を持った鹿が見える。

「狩るんですか？」

ジュリアンがそう尋ねてくるが、私は首を横に振った。

「今のところは、無理です。遠すぎて矢は届かないし、こちらから向かうと気付かれてしまう」

「犬使いのオッサン、今日は違う山に行ってて」

ラーシュがため息交じりにそう零す。それに対してジュリアンは小首を傾げた。

「犬使い？」

「犬を使って追い込むんです。仕留めやすい場所に」

「では、諦めるんですか？」

「そうですね……」

しかし、兄が今日は鹿を狩りたいと言っていた。山を下りて畑を荒らす鹿がいるから、と。

「一応、向かってみましょうか。逃げたらそれまで、ということで」

「逃げたら追いかければいいのでは？」

先ほどの狩りを見たからなのか、ジュリアンは食い下がってきた。

もちろん、狩れればそれがいいのだが。

「追いかけた先が行き止まりならあるいは……」

とはいえ、身軽な鹿はどんな急斜面でも上がったり下りたりする。

「じゃあ、向かうだけ向かいましょうか」

ラーシュもほとんど期待していないらしい。気軽な口調でそう提案してきた。

私たちはなるべく音を立てないように、そろそろと足を進める。

そしてひそひそと会話した。

「もしこちらに向かってきたとしたら、ジュリアンとマルセルは木々の間に逃げてください」

「でも、鹿って肉食ではありませんよね。人は襲わないのでは？」

「草食動物ではありますが、角で攻撃してくるので危険です」

「へえ……」

そんなことを話している間に、鹿との距離は近くなってくる。どうやら落ちた木の実を食べているようだ。

「あ、気付いた」

首を上げた鹿は、こちらに顔を向けた。そして一目散に向こうに駆けていく。

「ああ……」

そしてそのとき、脇にあった木に結ばれた兄の目印が、鹿の起こした風にヒラッと舞ったのが見えた。

「あー！」

突如、ラーシュが大声を上げる。そして続けた。

「追いかけよう！」

「ラーシュ？」

「ああ、もう！　最初からこれが狙いか！　これだからコンラードはー！」

訳のわからぬことを叫びながら、ラーシュは走り出す。私たちも慌ててそのあとを追った。

走りながら、考える。

最初からこれが狙い？

……なるほど。

「ジュリアン！　マルセル！」

「はいっ」

「横に広がれ！」

「えっ」

「目印に沿うよう誘導する！」

確か、この先に一段高くなった場所がある。兄はきっとそこにいるのだ。

人間の足でどこまで追い込めるかはわからないが、とにかくそこまでは。

四人もの人間に追いかけられた鹿は、脚を止めることなく駆け続ける。もちろん私たちが追いつけるはずもない。次第に鹿の姿は小さくなっていく。

しかし鹿は突然、上から降ってきたなにかに驚いて、前脚を上げて方向転換しようとした。

けれどそれより先に、飛び降りてきた兄が握っていた棒を素早く振り上げる。

首に一撃。それで鹿は気絶してしまった。どう、と大きな身体がその場にくずおれる。

兄はすぐさましゃがみ込むと、鹿の首にナイフを入れて頸動脈《けいどうみゃく》を掻き切った。

「ラーシュ！」

「はーい」

それだけで彼らは意思疎通をしたらしく、二人でテキパキと鹿を引きずっている。

私も肩で息をしているが、ジュリアンもマルセルもその場に座り込んで、ハッハッ、と荒い呼吸をしていた。

「狩りって……大変……」

絞り出すようにマルセルがそう口にしたが。

こんなことをするのは兄くらいなものですよ、と返す体力は私にも残っていなかった。

私たちがなんとか呼吸を整えようとしている間にも、兄はまったく振り返ることなく、黙々と手を動かしている。そしてしばらくして、鹿の脚を縛り上げるという作業は終了したらしい。

兄は清々しい表情と声で、こんなことを宣《のたま》った。

「いやあ、狩れてよかった。実は、前々から狙っていた鹿でね」

「やっぱり……」

ラーシュはがっくりと肩を落としている。

「犬もいないことだし、偶然にもいい位置にいて、幸運にも狩れれば、というくらいの気持ちだったんだが」

この狩りが始まる前は、その程度だったのかもしれない。けれど、先に到着して考えているうちに思いついたのだろう。

人間を犬代わりにすれば、いけるのでは？　と。

いかにも兄が考えそうなことだ。よくよく考えると、まあまあ酷い。

「走らされた俺たちの身にもなってくださいよ」

ラーシュは腰に手を当て、おかんむりだ。

「まあいいじゃないか。おかげで立派な鹿が狩れたぞ」

ジュリアンとマルセルはまだ状況が呑み込めないのか、言い合いする二人を、座り込んだまま啞然として眺めている。

ラーシュを宥め終えると、兄は呆然とする二人の前に膝を立ててしゃがみ、にっこりと極上の笑みを浮かべて口を開いた。

「ありがとうございます、おかげで今日の目的を達しました。お二人には、一番美味しいところを食べていただきますね」

「は、はあ……」

「ジュリアン殿下も、本当にお疲れさまでした」

兄は笑みを浮かべたまま、右手をジュリアンの前に差し出した。その勢いに負けたのか、彼は手をおずおずと前に出す。その手をサッと握ると、兄はぶんぶんと振った。

そして、ニヤリと口の端を上げる。

「どうです、山は楽しいでしょう」

「え……」

即答はせず、ジュリアンはしばらく兄の顔を見つめていたが、ふと頬を緩めた。

「はい、楽しいです」

いつものそつのない返事とは違う気がした。本当にそう思っているのだろう、と感じられた。

今まで生きてきた十年間で、ここまで全力疾走したこともないのかもしれない。山道を歩き続けることもなかったのかもしれない。新しい知識を、自分の目と身体で手に入れるという経験が、新鮮なのかもしれない。

初めての経験というものは、きっと楽しい。

ひとつうなずくと手を放し、兄は立ち上がる。

「さて。処理するぞ」

私たちの返事も聞かずに、兄は縛り上げた鹿をラーシュと二人で、引きずるようにして山道を歩いていく。

「え、あの」

おろおろして兄を見ているジュリアンに、私は説明した。

「内臓を処理します。なるべく早く処理したほうが美味しい肉になるのです。血から腐りますから」

「あ、ああ……」

兄はとにかく、この処理が上手い。そして山の中を知り尽くしているので、どこの川が一番近いのかというのを瞬時に判断する。

「あ、じゃあ、私も」

マルセルが慌てて立ち上がり、鹿を運ぶのに手を貸そうとする。

「やあ、これは助かります」

「じゃあ私も」

「私も」

五人で鹿を持ち、えっちらおっちらと山道を行く。

転びそうになりながらも、ジュリアンは額に汗を浮かべて、一生懸命な様子で足を動かしていた。

◇

川に到着すると、兄はさっそく処理にかかった。

大物だ。けれど兄は、サクサクと鉈とナイフで作業を進めている。

マルセルはそれを、真っ青な顔色で見つめていた。

「あの、なにか手伝えますか……」

「いや、これは初めての方々には難しいでしょう。離れて見ていてください」

「は、はい」

そう返されて、マルセルは胸を撫で下ろしている。兄は、私と違ってその配慮はできるらしい。

私もその近くで、キジの処理をすることにした。

ラーシュから受け取った革袋の中からキジを取り出し、縛っている脚を持って、その立派な身体をしげしげと眺める。

こちらも大物と言えるはずだが、鹿があまりにも大きいので、なんとなく見劣りしている気がして悔しい。

実際、兄を手伝うラーシュはともかく、ジュリアンもマルセルも、兄の鹿ばかりを見つめている。

「……かっこいいな」

私のすぐ近くに立っていたジュリアンが、兄のほうを見ながら、そうつぶやいた。

私だって仕留めたのに。確かに兄の狩りはかっこいいけれども。

私は少し釈然としない心持ちで、キジの処理を進める。

すると、ジュリアンはこちらに歩み寄ってきて、私の横にしゃがんだ。

「美味しくなりそうですか」

ニコニコしながら、そんなことを問うてくる。

「ええ、まあ」

思わず、そんな気のない返事をしてしまった。なんて大人げないのだろう。

きょとんとしているジュリアンに、私は目を向ける。

「すみません。つい、拗《す》ねてしまって」

「拗ねる？」

「その……、兄上のほうがかっこいいことに」

私の返答を聞いたあと、何度か目を瞬かせて、それからジュリアンはプッと噴き出した。

「なんですか？」

「いや、本当になんでも正直に口にするんだと思って」

そして、俯いて肩を揺らしている。ときどき笑い声が漏れてきた。それはちょっと笑いすぎではないだろうか。

そういえばいつかのお茶会でも、笑いが止められなくなっていた。意外に笑い上戸《じょうご》なのかもしれない。

しばらくして笑いが収まったのか、ジュリアンは顔を上げる。けれど口元は笑みの形のままだった。

「カリーナは、かっこいいというより」

「というより？」

「綺麗だ」

その言葉に、私の動きは止まる。

突然の賛辞に、私はただ、その楽しげに微笑む顔を見つめ返すことしかできなかった。

けれど少しして、私の時間は動き出す。

「あ、ありがとうございます……」

それだけ口にすると、またキジの処理を再開する。

しかし頭の中は、処理の手順を考えてはいなかった。今のジュリアンの言葉を反芻《はんすう》するばかりだったのだ。

綺麗、と褒められたことがないわけではない。世辞も大いに含んでいるだろうが、舞踏会などの場では幾人もの人にそう声をかけられる。

それなのに、どうしたことか。ジュリアンの『綺麗』は、他の人のものとはまったく違う響きを持っていた。バクバクと心臓の音がうるさい。

これは、あれだ。きっと彼はいつものそつのない調子で、落ち込んでいる私を慰めようと褒めてくれたのだ。以前も親睦会で、花に喩えて褒めてくれたし、そういう人なのだ。

けれどドレスを着ているわけでもないときに綺麗だなんて褒められて、私は困惑してしまっているのだ。いつもと状況が違うからだ。きっとそうだ。そうに違いない。

私はそう心の中で自問自答を繰り返し、なんとか気持ちを落ち着かせる。それでもまだ心臓はうるさく高鳴っているけれど。

とにかくジュリアンは、拗ねる私を慰めてくれた。私に返せるものなどあまりないが、やっぱりこの国の流儀に則《のっと》ろう。

美味しいキジ肉を食べさせてあげなければな、と私は強く思った。

◇

王城の城門をくぐると、荷馬車にわらわらと人が寄ってきた。

先に帰った兄が、城内の人間を呼んだのだろう。騎士団の人間やら衛兵やら料理人やら、キジ一羽と鹿一頭という獲物のわりには多い人数だ。

「おー、大きいな」

「姫さまはキジを獲ったんですよね」

「ああ、これだ」

「立派なキジじゃないですか」

「おーい、洗って、とっとと解体しよう」

ワイワイと賑やかな人だかりの中、私に続いて荷台から降りてきたジュリアンに、皆が次々と話しかけている。

「どうでしたか？　狩りは」

「それが、私はなにもできなくて……」

「そりゃ仕方ないです。最初からできるヤツなんていませんよ」

「何回も行ってようやく、ってのが普通ですからね」

「運もあるしなあ」

これだけの人数が集まったのは、きっと、初めての狩りを終えたジュリアンとマルセルを労おうという気持ちもあるのだろう。

他国からやってきた彼らに、我が国を気に入ってもらいたい、という願いも込められているように思う。

「美味しく調理しますからね、楽しみにしていてください」

「はい」

そして、わらわらと集まってきた人たちは、鹿とキジを抱えて、またわらわらと去っていく。

「疲れたでしょう。山を駆けずり回りましたし、身を清めてこられてはいかがですか」

「そうですね」

そんなことを話しながら城内に入ると、すぐに父と母と、そしてエリオットが玄関ホールにやってきた。おそらく、帰ってきたと聞いて出迎えに来たのだろう。

父はジュリアンの前に立ち止まると、笑みを浮かべて問うた。

「いかがでしたか、初めての狩りは」

「楽しかったです」

「ほう、それはよかった」

「いろいろと教えてもらいましたし」

「動物が付ける跡とか？」

「はい。あっ、私も猪の跡を見つけたんです！」

少し興奮気味に、前のめりになってジュリアンは父にそう誇る。

父はうんうんとうなずきながら返した。

「それはなかなかやりますな」

「初めてなのにすごいね！」

「偶然なんです。木に泥が擦りつけられているようなところがあって」

「泥浴びした猪でしょうね」

エリオットと母がそうして彼の話を聞いていたが、はた、とジュリアンは言葉を止める。

「あっ……すみません、つい、喋りすぎて」

恥ずかしそうに彼がそう謝ると、父は、ははは、と声を上げて笑った。

「いやいや、初めての狩りのあとはそういうものです」

それを聞いて、ジュリアンはホッと安堵の息を吐いた。

父は嬉しそうな声で、続けて提案する。

「ではまた、いつでも狩りに行くといい。今はコンラードに入山の許可を取るようにしていますが、カリーナと一緒なら、許可なしでいくらでも」

「本当ですか？　では、ぜひ」

弾んだ声でジュリアンは即答した。けれど、すぐに目を伏せる。

「でも、あの……怖くもありました」

「怖い？」

「その、動物に襲われないかと心配でもありましたが、それとは別に……処理とか……」

「ああ」

「本当に自分でできるようになるのか、不安です」

父は顎に手を当てて、しばらく逡巡《しゅんじゅん》したあと、口を開いた。

「処理については他の者にやらせますか？　どうしてもできない、という者も、実は我が国にもおります」

「そう、なんですか？」

「ええ。血を見るだけで気絶してしまう者も。特に、ジュリアン殿下はマッティアで生まれ育ったわけではない。どうにも受け入れ難い、ということもあるでしょう」

それを聞いて、ジュリアンは少し俯き、けれど顔を上げて首を横に振った。

「いいえ、狩りの最中、慣れると誓いました」

「ほう」

「正直に言えば……残酷だと思う気持ちもあって……慣れようとは思うのですが、時間がかかるかもしれません」

もじもじと自分で自分の指先を弄びながら、そう口にする。

父は目を細め、そして柔らかな声音で返した。

「我々は山に生かされています。それを理解し、山に感謝し、美味しくいただく。我々にできることはそれくらいです。まあ、人間に都合のいい、詭弁《きべん》とも言えますが」

父の語っていることは、私も子どもの頃に聞かされたことだ。マッティアの子どもたちは、いろんな大人たちの話を聞きながら、狩りという行為と、そのときに湧き上がる感情とに、自分の中で折り合いを付けて育っていく。

「我々はそのように考えるが、ジュリアン殿下はジュリアン殿下で、違う答えを見つけてもいいのですよ」

父はまるで、兄や弟や私に対して諭すような、そんな表情をしていた。

「はい」

すべてを呑み込めたかどうかはわからないが、ジュリアンは神妙な顔をしてうなずいた。

「わたくしは、そこまで割り切れてはおりませんけれどね」

ほほ、と笑いながら母は口添えする。

「僕も、可哀想だって思うとき、あるよ」

慰めのつもりなのか、エリオットもそう声をかけている。

「ああ、つい、話し込んでしまいましたな。今日の夕餉が楽しみです」

「疲れたでしょう。夕餉まで少し休んでは」

「ねえ、猪は見た？」

「いえ、見てはいません」

そんなことを話しながら、四人はその場を去っていく。

マルセルも一緒に動くかと思っていたが、彼はその場に立ち尽くしていた。

「マルセル？」

「あ、いえ」

ハッとしたように、マルセルは顔を上げ、それから目を伏せた。

「私は……あんなに生き生きとした殿下を、初めて見たような気がします」

皮肉げに口の端を上げると、続ける。

「きっと、エイゼン王国にはなかったものが、この国にはあったのでしょう。私は、ジュリアン殿下が年相応な表情をすることに、少なからず衝撃を受けてしまって」

そこまで語って、慌てたように胸の前で手を振った。

「あっ、申し訳ありません。王女殿下の前でこのようなことを」

「そうですか?」

私はマルセルの言葉に違和感を覚えて、つい反論してしまう。

「私には逆に、彼が子どもだと感じられることが少なくなってきました」

「え……そうなんですか?」

「はい」

こくりとうなずく。マルセルは釈然としないふうに首を捻った。

「そうですか……。どちらなんでしょうね」

「わかりません」

私は結局、ジュリアンについて、まだまだ理解を深めてはいないのかもしれない。

◇

その日の夕餉では、家族の他に、ラーシュとマルセルにも椅子が用意されていた。

マルセルは恐縮している様子だったが、ラーシュは堂々としている。

「そりゃあもう嫌というほど走らされましたから、当然ですよ」

そんな嫌味にも、兄は堪《こた》えた様子はない。

「本当によくがんばってくれたよ」

くつくつと喉の奥で笑いながら兄が宣う。

「一番美味しいところを食べていただくと約束しましたからね」

そう言って、ジュリアンとマルセルの前にある、空の皿を手のひらで指した。

「私は背中が一番美味しいと思います。なに、料理長も慣れていますから、美味しさを引き出すのも訳ないですよ」

「そう期待されると緊張しますなあ」

笑いながら、料理長自ら二人の皿に肉を置いていく。

「どうぞ。あなた方の協力なしには仕留められなかったものです」

兄にそう勧められ、二人は恐る恐るといった体《てい》で、肉を口に運んだ。

「……美味しいです」

ぼつりと零すように、ジュリアンは感想を述べる。そしてまた一口。

「本当に美味しいです」

それを耳にしたマルセルも、目を輝かせて鹿肉を食べている。

「あの鹿が、こんなふうに食卓に上がるのは、なんだか不思議な気分なんです」

そう語ると、兄のほうに視線を向け、熱のこもった口調で続ける。

「今まで、何度も鹿肉を口にしたことはあるんです。でも、今までで一番美味しいです」

「そうですか」

兄は納得したように、うんうん、とうなずいた。

「やっぱりマッティアの鹿肉は美味しいんでしょうか。それとも、新鮮だからかな」

そう華やいだ声で話すジュリアンに、兄は答えた。

「それもあるかもしれませんが、初めて自分が狩りに携《たずさ》わって仕留めたものは、皆、格別だと言いますね」

「格別……」

「自分が狩ったときのものも、それはもう、美味しく感じられますよ」

「本当ですか」

「ええ、保証します」

その会話を、父も母も、目を細めて聞いていた。

ジュリアンは、パッと私を振り向くと問うてくる。

「私も、弓なら扱えるでしょうか」

さすがに兄のような狩りは難しいと思ったのだろう。兄も今日のような大胆な猟は滅多にしないし、基本的には弓を使う。

私は首を縦に動かす。

「ええ、もちろん」

「練習しないと」

「はい」

すると料理長が次の皿を持ってくる。

「さあ、こちらもどうぞ。姫さまが狩られたキジですよ」

そちらも、ジュリアンとマルセルは美味しそうに食べている。ジュリアンは、甘いお菓子を味わっているときと同じくらいの明るい表情だ。
私はその様子を見て、なんだかホッとしてしまったのだった。

◇年下王子の胸の内　～奇跡の出会いを逃さないように～

楽しかった、楽しかった、楽しかった！

こんなに高揚《こうよう》した気分で床に就いたことがあっただろうか。

なにひとつ、予想できなかった。経験することすべてが、新しいことだった。

そして。

あの、弓弦をキリキリと引くカリーナの美しさといったら、感動的ですらあった。まるで縫い留められたかのように、彼女の凛とした横顔から目が離せなかった。衝撃、と言い表してもいいかもしれない。

エイゼンの美術館で、狩猟の女神の彫像を見たことがある。それは美しい彫刻だったけれど、カリーナの美しさには敵《かな》わないのではないだろうか。

それに彼女は、拗ねてしまった、とそんな弱い部分も隠さなかった。

裏表がないとか、口から出る言葉をそのまま信じてもいいとか、わかってはいてもどこか半信半疑だったが、今日でそれは真実なのだと確信した。

そんなに長く生きてきたわけではないけれど、私の人生の中にここまで裏表を心配せずに接することができる人間なんていなかった。まさかそんな女性がこの世にいるだなんて。

本当に？　本当に、彼女と生涯をともにできるのだろうか。こんな奇跡を手に入れてもいいのだろうか。罰が当たったりしないだろうか。

カリーナは以前、私に言ってくれた。家族になる、と。裏表のない彼女の、あれは本心からの言葉だったのだ。

エイゼンの兄弟たちとの関係とは違う、マッティアの王族たちが笑い合うような、あの中に私を加えてくれるという意味だったのだ。

信じられない！

こんな幸運に恵まれるだなんて、私をエイゼンから追い出した兄上には感謝したいくらいだ。

先日は、カリーナがラーシュを愛人にすることがあっても許さなければ、だなんてことを考えたけれど、それは許してはいけない。

ラーシュのことが憎いわけでも嫌いなわけでもない。彼はとてもいい人だと思う。

けれど、それとこれとは話が別だ。

だって私にエイゼンの王子という価値がなければ、明らかにラーシュとのほうがお似合いだ。

そんなのは、嫌だ。

彼女がいないと、私はきっと生きてはいけない。だって、カリーナという女性がこの世にいると知ってしまったのだ。知らなければ、ただ淡々と生きていけただろうに。

まずは、八歳近く離れた歳の差を、感じさせないようにしたい。私だけが先に年を重ねるのはどうやっても不可能だけれど、子どもだと思われないようにしよう。

私は、大人びている、という評価をよくされる。だからなんとか、精神年齢だけならば、五歳くらいは縮められるのではないだろうか。きっと大丈夫だ。

しかし大きな問題点がある。カリーナは、悲しいかな、かなりの鈍感だ。これはさりげなく、だなんて態度ではいけない。どんどん迫っていかなければ。

……でも、カリーナとの距離をもっと縮めるには、どうしたらいいんだろう。

マルセルは信頼できるから相談したいけれど……女性と親しくしているのを見たことがない。となると、話を聞いても参考にはならない気がする。癪《しゃく》ではあるが、兄上たちの立ち回りを参考にしようか。

あと、図書室に行ってみよう。なにかいい本があるかもしれない。

それから、やっぱり女性たちの意見も聞きたい。侍女たちに恥を忍んで聞いてみよう。この際、できることはなんでもやらなければいけない。それでなくても私には、まだ十歳という大きなハンデがあるのだから。

どうすれば、カリーナにかっこいいと思ってもらえるのだろう。

ああ、そういえば彼女は、コンラード殿下の狩りがかっこいいと評していた。

つまり、あれが私の目指すところではないだろうか。

いや……でも……。あんな血まみれで……あんなサクサクと鹿のお腹を捌《さば》くなんて……。

あれは、見ているだけでも震えた。コンラード殿下は戸惑っている様子もなかったから、どこか現実味がなくて、遠目で見ていることはできたけれど……あれを自分がすることはできるのだろうか。

カリーナだって、キジの首を一息で切り落としていた。内臓の処理もしていた。そんなことは当たり前だという顔をしていた。

となると、私ができるようになるのも、きっと当たり前だと思っているのだ。

正直なところ、残酷だと思う。動物たちにだって、死にたくないという気持ちはあるのではないのか。だから人間から逃げるのではないか。

それに、きっと家族だっているのだ。帰りを待っているかもしれない。なのに、さっきまで生きていたものを、自分の手で殺すのだ。そしてそれを口に入れるのだ。

そして私はその口に入れた肉を、この上なく美味しいと感じてしまった。そのことに、罪悪感を覚えてしまう。

マッティア王の言うことは、わからないでもないが、感情が追いついていない。

本当に自分でできるのか、不安しかない。しかしやらなければならない。前途多難だけれど、やれるようにならなければ。

私がこの国で生きていくために。

今までなにも考えずに、目の前に出された肉を食べてきた。それはもう、毎日のように。

それは元々生きていた動物だったと、知識としては知っていたのに、なぜか食べ物としか思っていなかった。

今まで私が食してきた動物たちは、いったい誰が殺していたのだろう。私が食べるために、誰が代わりに殺してくれていたのだろう。

きっとこれから、口にするすべてのものの、味が変わる。

理解していたつもりで理解しようともしていなかった、世界の理《ことわり》に、わずかながらも触れてしまったのだから。

◆自分の心がわかりませんでした

ある日のことだ。

「カードゲームをいたしましょう！　お父さまが買ってきてくださったんですの」

そのゲームを携えて、王城にマティルダがやってきた。

マティルダの父であるルンデバリ侯爵が登城してきたので、それに付いてきたということだった。

「ジュリアン殿下、ご一緒にいかがですか」

「いいですね」

「エリオット殿下も交ぜてあげてもよくてよ」

そういうわけで、三人は貴賓室にてテーブルを囲む。

興味深そうにカードを見つめていたジュリアンは、ふと顔を上げて口を開いた。

「コンラード殿下は呼ばなくていいの？」

ニヤリと口の端を上げて、そう問う。

「……えっ」

唐突にそんなことを訊かれたマティルダは、なにも返せずにジュリアンを見つめてしまっている。

「だって、素敵だって言っていただろう？」

「えっ、ええ、素敵ですわ」

「呼べば来るかもしれないよ。私が声をかけてこようか？」

どうやら、意地悪なところをマティルダにも披露しているらしい。いつも憎まれ口ばかり叩かれているエリオットの味方もしたいのかもしれない。

「いっ、いいのですわ」

「ふうん？」

「きっ、きっと、コンラード殿下が入ったら、一人勝ちしてしまうと思いますし」

「ああ、それはあるかも」

苦し紛れのマティルダの言い訳に、エリオットは素直に納得している様子だ。

「兄上は、こういうのは得意だから」

「そんな感じはするね。じゃあ、フレヤ嬢ならいいの？」

さらにジュリアンはそう意地悪を続けたが、意外にもマティルダはすんなりとうなずいた。

「わたくし、フレヤも誘って差し上げましたのよ。でも、お客様が来ていたみたいで、行けないって」

「あれ、それは残念だったね」

「せっかく誘ってあげましたのに」

そう不満を口にして、唇を尖らせている。

あの少女二人は、複雑ながらも友情を築いてはいるのだろう。

「カリーナ殿下はいかがですか？」

マティルダは気を使ったのか、私にも誘いの言葉をかけてきた。

「いや、年の近い者同士でやるのがいいだろう」

先ほど兄の名前が出たけれど、大人と子どもでは差が出てしまうのかもしれない。私は大人ではないらしいが、それでも彼らから見れば、年だけは大人だ。ここは遠慮するべきだろう。

だから私やラーシュやマルセルは別のテーブルで、彼らが遊んでいるのを眺めることにする。

それからは、十歳の三人で、ルール確認をしながらゲームを進めていた。盛り上がっている様子だ。

「私たちは、席を外そうか」

こっそりとラーシュとマルセルにそう提案する。

「え？」

「同い年の皆で気兼ねなく遊ぶほうがいいだろう。なにかあれば侍女も控えているし」

部屋の隅では、タイミングよくお茶やお菓子の用意ができるよう、侍女が待機している。なにも心配はない。

「そうですね。俺たちはなにもすることがないし」

「マルセルも、今のうちに休んでおくといいんじゃないか」

「では、そうさせていただきます」

いつもマルセルはジュリアンの側に侍っている。こういう誰かに任せられるときには、休むのがいいだろう。

私たちは静かに席から立ち上がり、貴賓室をあとにする。

扉を閉める直前、三人の弾けるような笑い声が響いた。視線を向けてみれば、どうやらエリオットが負けてしまったらしく、また新しくゲームを始めようとしていた。

それを見届けると、私は音を立てないように、そっと扉を閉める。

楽しそうだな、と思う。そして、この国でジュリアンに友人ができてよかった、と安心する。

それなのに、どこか手放しで喜べない自分がいた。どうしてだろう。間違いなく、ジュリアンにとっていいことなのに。

「どうしました？」

考え込んで扉前で立ち止まってしまった私に、マルセルが心配そうに声をかけてくる。

「あっ、ああ、いや、なんでもない」

私は慌てて足を動かした。それと一緒にラーシュとマルセルも歩き出す。少しして、横に並んだラーシュがこちらを指差した。

「もしかして」

「な、なんだ」

「実は姫さまも、カードゲームをやってみたかったんですか」

口の端を上げて、そうからかってくる。

「ああ……まあ……、興味はあるな」

確かに、一回やっただけであんな笑いが沸き起こるようなカードゲームがどんなものなのか知りたいような気はする。自分で断ったけれど、本当はやってみたくて後悔しているから、モヤモヤしているのだろうか。そうなのだろうか。

そうして、うーん、と考え込んでいると、ラーシュは小首を傾げた。

「あ、本当にやってみたいんですか？　じゃあ、戻りますか？」

「えっ」

そして三人ともが、廊下の真ん中で立ち止まってしまう。

「興味があるのなら、交ぜてもらえばいいじゃないですか。マティルダ嬢のカードだから、彼女がいるときでないとできませんよ」

ラーシュの言葉に、なるほど、とは思う。確かにいつでもできるものではない。

「でしたら戻りましょう。私は大丈夫ですから」

マルセルがそう気遣うような言葉をかけてくる。彼に休んだほうがいいと提案したのは私だから、それに気兼ねしているのではと感じたのだろう。

だが、あのカードをどこで購入したかは知らないが、ルンデバリ侯爵はまだ城内にいるはずだから、尋ねれば自分でも買えるだろう。

かといって、そこまでしてやりたいかと訊かれれば、首を捻ってしまう。

「いや、また機会があるときに交ぜてもらおうか、という程度だから」

「そうですか？」

言い訳した私は、再び歩き始める。

結局、私の心の中のモヤモヤはいったいなんなのかわからなくてすっきりしない。だからいろいろと考えを巡らせてみる。

十歳の三人で遊ぶのはいいことだ。それは間違いない。なんならフレヤがいれば、もっとよかったと思う。楽し気な四人の姿を思い浮かべてみる。うん、いい光景ではないか。

でも……、その輪の中に私がいないことを考えると、またモヤモヤが大きくなった。

まさかとは思うが、仲間外れのようで面白くないのだろうか。自分で断ったのに？

だったらラーシュの言うように、今からでも戻ればいいのだろうか。「やっぱり交ぜて」って。いや、それはいくらなんでも情けなさすぎる。

もちろん、もし私が申し出れば、優しい彼らはどうぞ、と快く迎えてはくれると思う。

けれどやっぱりあの中に私が入るのは、異物が入り込むような、そんな違和感が拭えない気がしてしまうのだ。

◆十八歳になりました

私の十八歳の誕生日がやってきた。

そういうわけで、誕生日を祝うための舞踏会が開催される。

先日親睦会に出席したばかりだというのに、珍しくもまたこういった催しに出席だ。

「そりゃあ、主役ですから」

「まあ、そうなんだが」

私はラーシュを従えて、大広間に向かって歩いていた。

『お誕生日ですもの、華やかにいたしましょう』

と侍女たちは、レースをふんだんに使った菫《すみれ》色のドレスを見繕い、着せてくれたが……両肩を完全に出すデザインで、なんとも心許ない。しかし私が選ぶよりも彼女たちが選ぶほうが確実なので、大人しくされるがままになっている。

大広間に近づくにつれて、ガヤガヤとした人の声が大きくなっていく。

すると、ラーシュがその場に立ち止まった。だから私も足を止める。

「どうした？」

「ジュリアン殿下、先に入場しているんですかね」

「そうだと思うが」

すると彼は、大広間の方向に視線を向けたあと、私に向かって尋ねてきた。

「入場は、ジュリアン殿下と一緒のほうがいいんじゃないですか？」

「え、そうか？」

「俺、呼んできます」

そう言うや否や駆け出そうとするのを、私は慌てて引き留める。

「私を一人でここに置いていく気か？　騎士なのに」

「あー、いや、そう言われるとそうなんですけど」

「一緒に入場するべきとは言われていない」

兄に。

「まあ……姫さまがいいのなら、いいんですけど……」

どうにも釈然としないふうではあったが、直前での予定変更はよろしくない、と思う。

「どうしたんだ、急に」

「いや……なんとなく、落ち着かなくて。こういうのって、やっぱり婚約者とともに入場するものかなって」

「どうなんだろうな」

前例を知らない。特に私は、舞踏会に参加することが少ないから、よくわからない。

夫婦は一緒に入場するものだろう。父も母も、いつも二人一緒だ。けれど婚約者の場合はどうなんだろう。気にしたことがない。

「まあ、今日のところはこのまま入場しよう。ジュリアンと一緒のほうがいいというのなら、次回からでいいだろう」

そうして私たちはまた歩き出す。大広間はもうすぐそこだ。

「俺は、いつまで姫さまの隣にいられるんでしょうね」

ぽつりとラーシュがそう零す。

急になにを言い出すのだろう。

「騎士は主人が死ぬまで侍るものだろう」

それが基本であり、理想だ。

「本人の希望や異動があれば話は別だが、普通は私が決めるものだ」

たとえば、他に最適な部署があればそちらに異動することもある。兄も最初は騎士がいたのだが、気がついたときにはその騎士は衛兵たちの指導役になってしまい、兄の側仕えではなくなった。それ以来、兄には騎士と呼べる人間はいない。

兄は一人でも十分に身を守れるので、騎士は必要ないといえば必要ないし、それでいいのだろう。

私はこれでもか弱い女なので、絶対に騎士は必要だ、と周りが主張したため、幼い頃にラーシュが選ばれた。

「逆を言えば、姫さまが騎士を別のヤツに決めたら、俺は次の日から職なしですね」

皮肉げに口の端を上げて、そんなことを冗談めかして言う。

「そういうことだな。職なしになりたくなければ励めよ」

私の返事にラーシュは、ははは、と声を出して笑った。

「ま、クビにならないようにがんばりますよ」

「嫌になったら私に言え。解雇してやるから」

そう続けると、ラーシュは笑うのをやめ、何度か目を瞬かせる。

「覚えているんですか？」

「なにをだ」

「あ、覚えてないんですね」

私の顔を見つめたあと、ラーシュは苦笑して続けた。

「姫さまは本当に変わらないんだなあ」

「なんのことだ」

「変わらないのはいいこと、ってことですよ」

そんな会話をしているうち、大広間の扉が目前になる。

衛兵たちが開けてくれた両開きの扉の前で私が淑女の礼をすると、室内から祝福の拍手が湧いた。

心なしか、ラーシュはいつもより後ろに控えている。

すでに大広間内にいたジュリアンが、笑みを浮かべて私の近くに歩み寄ってきて、手を差し出してきた。

「どうぞ、お手を。私の美しい姫君」

まるで十歳とは思えない所作で、そんなふうに声をかけてくる。

……なんだかいつもと違わないか？

「まあ」

「素敵な婚約者だこと」

「やはり大国の王子さまともなると、洗練されておりますわね」

そんな賛辞の声に包まれながら、私はジュリアンの手に自分の手を乗せた。

周りの雰囲気は、背伸びした少年を見るような、温かいものだ。

けれど私は、顔が熱くなってきていた。心臓が飛び跳ねているような気もする。先日、狩りのときに『綺麗だ』と褒められたときのようだ。

あのときは、着飾ってもいないときに言われたから驚いてドキドキしてしまったのかと思ったが、ドレスを着ていても心臓がバクバクしてしまう。

これはいったいどうしたわけか。

「カリーナ、今日の装いも綺麗です。菫の妖精のようだ」

しかしジュリアンのほうは落ち着いた様子で、平気な顔をして称賛の言葉を紡いでいる。

なんだか負けた気がする。なにに負けたのかはわからないが。

「ありがとうございます」

私がそう礼を述べると、こちらを見上げているジュリアンは目を細めた。

「今回は少し、喜んでいるのがわかった気がします」

「そ、そうですか」

「はい」

彼はニコニコと笑みを浮かべてうなずいた。

これは、あれだ。今まで誰かに賛辞を贈られたことはあれど、それはどこか距離を置かれていたように思う。

私を姫らしく扱う人間は、周りにはいない。だから免疫がないのである。そのためこんなに動揺してしまうのだ。そうに違いない。

そうしてまた自分を納得させてみる。どうもここのところ、自分の感情を自分で読めないことが多い。奇妙な話だ。

そのうち、たくさんの人が私たち二人の周りに集まってきた。

祝いの言葉を受け、そして謝意を返し、あらかたその波が収まった頃に、楽団が曲を奏で始めた。

「行きましょう、輪舞です」

ジュリアンはそう誘ってきて、握ったままだった私の手を引っ張る。

「えっ、ええ」

「練習したんですよ。見ていてください」

「いつの間に」

「カリーナにかっこいいところを見せたいですからね」

そんなことを口にして、私の手をぎゅっと握る。

なんというか、この王子さまは、私の心臓を止めにかかっているのではないか。

そうして私たちは輪舞の輪に入る。

さすが練習をしたと言うだけあって、ジュリアンは以前のように戸惑った様子はなかった。完璧ともいえた。

代わりに私が間違えた。たくさん間違えた。

曲が流れている最中、「あっ」「違う」と何度口から漏れたか、自分でもわからない。

そんな私の姿を見て、隣のジュリアンは口を開けて、あはは、と笑っている。

「私のほうが上手く踊れていますよ？」

そんな言葉をかけられて、私は唇を尖らせる。

どうやら、本当に負けてしまったらしい。悔しいこと、この上なかった。

そして負けっぱなしのまま輪舞は終わってしまい、私たちは壁際に向かう。

「姫さま、汗が」

すると侍女が慌てて私の側に寄ってきて、額にハンカチを当てた。

「お化粧が崩れてしまいます。暑いのですか？　蠟燭《ろうそく》を減らしてもらいましょう」

「い、いや、大丈夫だ」

大広間にはシャンデリアにも壁際にも蠟燭がたくさん灯《とも》されている。けれど周りを見回したところで、私のように汗を搔いている人はいない。

ちら、と隣に視線を移すと、ジュリアンは俯いて口元に拳をやって、小刻みに肩を揺らしている。

本当に、笑いすぎだ。

「カリーナは、いつも冷静沈着なように見えるのですが、案外、慌てることもあるのですね」

「誰のせいだと思っているんですか」

私はジュリアンの皮肉に、眉根を寄せて答える。

すると彼は、わざとらしく首を傾げた。

「あれ？　私のなにが、そんなにカリーナを慌てさせましたか？」

なんと彼は、そんなふうにとぼけてみせる。やはりジュリアンは意地悪だ。

「いいです、もう」

「拗ねないでください。愛しい姫君」

「うう……」

私がなにも返せないでいると、ジュリアンはまた俯いて、忍び笑いを漏らしている。

もしやこれは、面白がっているだけなのではないか。

「からかうのは、やめてください」

「からかってなんていません」

「からかっているではないですか」

「私は本心を口にしているだけです。美しいものを美しいと言って、なにが悪いのですか？　ああ、あのときには伝えられませんでしたから、今、伝えますね。キジを狙って弓を射る姿は、狩猟の女神が降りてきたのだと感じられるほど綺麗だった」

弱点を見つけた、とばかりに次々と褒め言葉を浴びせてくる。これはたまったものではない。

誰か話を打ち切ってくれないか、とあたりを見回す。しかし誰もが遠巻きにして、笑みを浮かべてこちらを眺めているばかりだ。

騎士たるラーシュは、壁に寄りかかって飲み物を口にしていて、こちらには視線を寄こさない。騎士のくせに、怠慢だ。

ちなみにマルセルもその隣にいて、その場から動かず目を細めて私たちを見つめているだけだった。まるで自分たちのことは自分たちで解決してください、と言わんばかりだ。そうに違いない。いや、それはそうで、ごもっとも、なのだが、上手くいなせる自信がないのだ。

そうして戸惑っていると、パタパタという足音が響いてきた。

「姉上、お誕生日おめでとうございます。わあ、今日もとても綺麗です」

駆け寄ってきたエリオットが、瞳を輝かせてそんなことを口にする。可愛い。

私は心の底からホッと安堵する。

「ありがとう、エリオット」

エリオットに続いてマティルダもやってきた。

「おめでとうございます、カリーナ殿下」

「ありがとう、マティルダ」

その後ろにフレヤもいて、彼女も続いてお祝いの言葉をくれる。

「カリーナ殿下、おめでとうございます」

「ありがとう、フレヤ」

そのあと言い合いでも始まるかと思って眺めていたのだが、なぜかフレヤはエリオットを上目遣いでチラリと見たあと、黙り込んだ。

それを一番意外に思ったのはマティルダのようで、不思議そうにフレヤに視線を向けている。

フレヤの元気がない。調子が悪いのだろうか。

同じように思ったのか、エリオットが一歩、前に出る。

「フレヤ、気分が悪いの？」

「い、いいえ、そんなことは」

ぼそぼそとそんなふうに返している。

思わずその場にいた者皆で、顔を見合わせてしまった。

そのとき、曲が流れ始めた。ワルツだ。

「エリオット殿下、わたくしと踊りませんこと？」

殊更に明るい声を出して、マティルダがエリオットを誘っている。

「あっ、ああ、うん」

エリオットはそれに応じる。

なのにフレヤは動かない。なにも発言しない。

これは本当に具合が悪いのでは？　王女の誕生会だから無理をして参加したのでは……と心配していると、マティルダは腰に手を当てて、「もうっ」と声を上げた。

「エリオット殿下、まずはフレヤと踊ってきてくださいな」

「えっ」

「いいから。行ってきてくださいませ」

マティルダの提案に、エリオットはしばし少女二人を見比べたあと、小さくひとつ、うなずく。

「うん。行こう、フレヤ」

「え、でも……」

「行こうよ」

そう重ねて、少々強引に、エリオットはフレヤの手を引いて広間の中央へ向かっていった。

二人の背中を見送るとマティルダは、ふう、と息を吐いた。

「よくわからないんですけれど、フレヤは最近、おかしいんですの」

「そうなのか。なにかあったのだろうか」

「さあ。乙女心というものかもしれませんわ。張り合いがないったら」

そうブツブツと零して、唇を尖らせている。

大変わかりにくいが、彼女はとても優しい娘なのだ、と思う。十歳なりに、いろんなことを考え、そして気を配っている。

むしろ、私は見習うべきなのかもしれない。

「マティルダ嬢」

するとジュリアンが彼女に声をかけた。

「では、私と踊ってくださいませんか」

胸に手を当て、逆側の手をマティルダに向かって差し出している。

「えっ」

「エリオット殿下とフレヤ嬢も、楽しんでいるようですし」

そう言って、広間の中央のほうに視線を向けた。つられてそちらを見てみると、弱々しくもフレヤも笑顔を見せ始めている。

「で、でも……」

マティルダは、こちらを上目遣いで窺ってきた。

「身長差があって、私はカリーナとワルツを踊るのは難しいんです。一曲も踊らないままだなんて寂しいですし、踊っておかないと足運びを忘れてしまいそうです。マティルダ嬢がよろしければ、可憐な乙女と踊る機会をいただけませんか」

そうして極上の笑みを浮かべ、ずいっと手を差し出している。マティルダは珍しく、もじもじと頬を赤く染めていた。

やはりエイゼンの王子さま。女性の誘い方も心得ている。むしろ怖い。

ほら、どうやら彼の女性への気遣いは、私に限ったことではない。いちいち動揺するものでもないのだ。

「マティルダ。私に遠慮することはないぞ」

「で、では……」

マティルダはジュリアンの手に自分の手を乗せた。

そして一歩を踏み出そうとしたところで、ジュリアンは振り返って声を張る。

「ラーシュ!」

「あっ、はい」

壁に寄りかかっていたラーシュは慌てて身体を起こすと、こちらに駆けてきた。

「なんでしょう」

「ラーシュ、カリーナと踊ってきて」

「えっ、いや、俺は」

「今日の主役が、いつまでも壁の花だといけないだろう。広間の中央まで誘導して、皆に美しい姿を見せて差し上げなければ」

その言葉に、ラーシュは思いっ切り眉根を寄せた。それはいかがなものだろう。

「……かしこまりました」

しかし反論はすることなく、ラーシュは腰を折る。

ニコリと笑ってジュリアンは、今度は私に向かって口を開く。

「いつも決まった相手でなくてもいいんでしょう？　この国では」

「いや、それは先日……あ、いや。そうです。そうなんです」

彼は知らないふりをして、そういうことにしようとしているのだ。ならば少なくとも私は、その話に乗らないといけないだろう。

ジュリアンとマティルダ、エリオットとフレヤ。ラーシュと私。

意中の相手かどうか、今、そういうことは関係ないのだと彼は発言した。周りにもその言葉を聞いた者もいただろう。いらぬ詮索を周りにさせてはいけない、という彼なりの配慮なのだ。

「……本当に十歳なんですかね」

ぼそりとラーシュが口にする。

「舌を巻いてしまうな」

苦笑交じりにそう答えると、ラーシュも小さく笑った。

「敵いませんね」

「ああ」

そうして私たちは踊り始める。

エリオットと踊り終えたフレヤは、今度はジュリアンと組んでいた。そしてエリオットはマティルダと。

マルセルも、会に参加していたご令嬢に誘われて広間に出てきている。

兄は母と踊っていた。父は老伯爵夫人と。そうするうち、参加している皆、思い思いの相手と組んで踊り始めている。

くるくる、くるくる。

社交ダンスのようで、輪舞のような。

いつもとちょっと違う舞踏会を、皆が笑顔で楽しんでいた。

けれど結局、私とジュリアンが組むことはなかった。

◇

一息ついて壁際に戻ると、ジュリアンが私の横に並んでこちらを見上げてきた。

「楽しいですね」

「ええ、楽しいです。いい誕生会になって、嬉しく思います」

そうして私たちは笑い合う。

誕生日を迎えて、私は十八歳になった。ジュリアンはまだ十歳だ。

ジュリアンはあと数ヶ月で誕生日ということだから、その日を迎えればまた七歳違いになる。

けれどそうしてどこまでも追いかけっこをするだけで、いつまで経ってもジュリアンと私の年が近づくことはない。

その当たり前で、変わらない事実が、少し、もどかしく思えた。

◆昔のことを語り合いました

私たちのお茶会は、それからも何度か開催された。

最初の頃のように、会話が止まったりすることもない。ラーシュもマルセルも、最初から椅子に腰かけるし、砕けたものになっていた。

料理長もジュリアンに味わってもらおうと、毎回違うお菓子を用意してくれた。もちろん美味しそうに食べるのだが、私と目が合うと表情を引き締めてしまう。そこまでくると私も、子どものような顔を見せたくないのだな、とわかるようになった。少しずつ彼を理解できてきたようで、嬉しい。

基本は、私とジュリアンとラーシュとマルセルの四人だけだが、たまに父や母や兄弟が交じったりもしたし、ジュリアンもそれを楽しんでいるように見えた。

彼はもうすっかりこのマッティアという国に、馴染《なじ》んだのではないだろうかと思う。

「先日の姫さまの誕生会では、マルセルも踊ってたね」

ラーシュが軽い口調でそう話しかけると、マルセルは一気に顔を赤くした。見てすぐにわかるほど赤い。

「あ、いえ、誘われまして。お断りするのも恥を掻かせてしまうのではと思いましたし、それで」

「じゃあ、彼女のことは気に入らなかったの？」

ジュリアンが小首を傾げてそう問う。しかしこれは、からかいの前振りではないだろうか。けれどマルセルはそれに気付かず、乗ってしまう。

「いえっ、とんでもない。素晴らしいご令嬢でした」

「では機会があれば、今度はマルセルからお誘いしたらどう？」

「いやっ、そんな。ご令嬢も、一人だった私を気の毒に思われただけではないでしょうか。私など、とても」

さらに顔を赤くして、ぶんぶんと顔の前で手を振っている。

ジュリアンもラーシュも、その様子をニヤニヤしながら眺めていた。

「お付き合いに発展したりして」

「そんな、まさか」

「あ、でも、マルセルはこっちに骨を埋めるつもり？」

そのラーシュの疑問に、その場に静寂が訪れる。

言われてみれば、確かに。もうずっとマッティアにいるものと思っていたが、私と結婚するジュリアンはともかく、マルセルはエイゼンに帰国する可能性もあるのではないか。

「いえ……今後はどうなるか、私には」

少し沈んだ声で、マルセルは答える。

「しかしマルセルの主人はジュリアンだろう？　ジュリアンならマルセルの要望を聞いてくれるんじゃないのか」

「違います」

私の言葉をひったくるように、ジュリアンが苦々しい声で答えた。

「彼の主人は私ではありません。マルセルがこちらに来たのは、エイゼン王城に命じられたからです。

誰も、大した旨みもない第七王子のために、生まれ故郷を離れたくはないでしょう。彼は私のために犠牲になったようなもので」

「それは違います！」

自虐的に語るジュリアンの言葉を、今度はマルセルがひったくる。

私たちはその剣幕に押されて、ただ彼らの会話を聞くだけになってしまっていた。

「直前に、訊かれたのです。誰か、ジュリアン殿下とともにマッティアで暮らす覚悟がある者はいるか、と。だから私は自分で望んで来たのです」

「……聞いていない」

「……そうでしたか。私は、ジュリアン殿下に拾われたようなものですから、できればずっとお側におりたいと願っております」

「拾われた？」

私の横やりに、マルセルはうなずいた。

「正直に申しまして、私はあまり器用なほうではなくて。お恥ずかしい話、あちらこちらと配属先を移されておりました」

器用なほうではない、というのは彼の場合、世渡りが上手くないということなのではないかと思った。

座ってもいいと許されても、なかなか腰を下ろさなかった彼。一度正しいと思ったことを、なかなか覆《くつがえ》せない性格なのだろう。

「けれど、ジュリアン殿下はずっとお側に置いてくださって」

苦笑いを浮かべて、そんなふうに語る。ジュリアンはそれに答えた。

「私は、裏表がない人間には安心するんだ。だからマルセルがよかった」

彼がそう理由を明かすと、マルセルは感激したように瞳を潤ませた。

「ありがたき幸せです……」

涙声でそう返すマルセルを、ジュリアンは目を細めて見つめている。

けれどそういうことなら、もしエイゼンがマルセルを呼び戻したら、彼は帰ってしまうのだろうか。

それは寂しい、と思う。

しんみりした空気が流れ、静寂がしばしの間、お茶会の場を支配する。

それを打ち破ったのは、私の騎士だった。

「拾われた、っていうなら俺もだなあ」

天井を見上げ、ラーシュがそう零す。

皆の注目を集めたことを知ると、彼はテーブルに向かって身を乗り出した。

「そちらのようにいい話ではありませんけどね」

そうして、片方の唇の端を上げる。

「拾ったつもりはないが」

私がそう異論を唱えると、彼は軽く肩をすくめた。

「ま、姫さまから見ると、そうなんでしょう」

「じゃあラーシュから見ると、どういう話？」

ジュリアンが不思議そうに尋ねると、ラーシュは明るい声音で語り始めた。なんでもないことだと主張するかのように。

「いやね、姫さまの騎士を選ぶって話が回ってきたんですよ。俺は十二歳でした。選考会をやるから、姫さまを守りたい者は来たれ、って」

ラーシュの話に耳を傾ける三人は、うん、と同時にうなずく。

ここまでは、私も同じ認識だ。

私が十歳になったとき、王女には騎士が必要だと強く勧められ、では選考会を開こうという話になったのだ。

十歳前後の腕に覚えのある者は王城前の広場に集まれ、と告示された。とはいえ誰でもいいというわけではなく、貴族に名を連ねている者たちだけだったと思う。だから、そんなに人数は多くなかったはずだ。

「俺の家は、一応は貴族なんですけど、かろうじてって感じで。しかも五男だったし、なんとか這い上がりたくて参加しました」

「へえ」

「けれど、有力な候補者がいたんです。大人たちは、姫さまにやたらとそいつを勧めててね。それを見ていた周りは皆、そいつになるんだろうって思ってた」

「そうだったか？」

「そうだったんですよ」

ラーシュは苦笑交じりに返答する。

「ほとんど決まっている状態だったのに、選考会は開かれたんです。まあ、そいつに箔付《はくづ》けしたかったんじゃないかなって、今になってみれば思いますけど。剣術や弓術を披露したりして。俺はそんな中、なんで決まってるのに集められたんだ、こんなの茶番だ、って腹も立ってて。だから、がんばりましたよ。俺が一番活躍できたと思います」

「すごい」

そう言ってジュリアンは褒めたが、ラーシュは小さく笑う。

「周りはやる気を失ってたし、皆、十歳くらいですからね。大したことではなかったんですけど」

そうだろうか。私の記憶の中では、彼がずば抜けていたように思う。

「まあ大人たちが推薦すれば、普通は、じゃあそいつにするかってなると思うんですけどね。というか、あの様子だとたぶん、それ以前からずっと言い含められていたんじゃないかって気がするんですけど」

そしてラーシュはこちらに視線を向けて、口を開いた。

「けど、姫さまは俺を指差して。彼にする、って言ったんですよ」

そこで皆の注目は私に集まった。いや、それは普通のことだと思う。

「ラーシュが一番強かった。比べるまでもなかった」

「それはありがとうございます」

おどけたように笑って、彼は頭を下げる。

「ところがね、大人たちは慌てて、いや本当にそれでいいんですか、他にもいますって言い出して。なんだこれって思ってたら、姫さまはまったく空気を読んでいなかったんでしょうね、『一番強そうな人間を、私が選ぶんじゃなかったのか』ってすっごく驚いていて」

残念ながら、そこは覚えていない。

「でも、そんなに抵抗はしないんですよ。『変えたほうがいいのか？　じゃあ変えよう』って、あっさりと」

ラーシュは小刻みに肩を揺らして笑いながら、そう続ける。

「だから俺、慌てて『それはおかしい』って主張して。そうしたら周りのヤツも、こうなったら言ってやろうって思ったんでしょう。最初から決まってたのか、なんのための選考会かってザワザワし出してね。結局、俺に決まりました」

自身も関わっている話のはずなのに、私はまるで物語を聞くかのように、それはよかった、と心の中でホッと胸を撫で下ろす。

「そいつはむちゃくちゃ不貞腐れていたなあ。だからかその場は、なんともいえない空気が漂っていたんだけど、姫さまだけはなにも気にしていない感じで堂々としていましたよ」

くつくつと喉の奥で笑いながら、そんなことを付け足す。つられてジュリアンとマルセルも小さく笑っていた。

「でもちょっと不安になってしまってね。だからそのあと、ちゃんと姫さまと対面したときに、本当に俺でいいんですか、大丈夫ですか、って尋ねてはみたんです。そうしたら、『なぜそんなことを訊く。本当は嫌なのか？』ってキョトンとして訊き返されちゃって。『嫌じゃないですけど』って答えたら、『そうか』って」

ジュリアンは、口の中でボソッと「言いそう」とつぶやいていた。私はなんだか気恥ずかしくなって、テーブルの上の紅茶に手を付ける。もう冷めてしまっていた。

ラーシュは話を続ける。

「でもなにか思ったんでしょうね。『嫌になったら私に言え。解雇してやる』って付け加えられました」

あ、と思う。そのやり取りは、先日の誕生会の前にもした。あれは選考会のときの会話と同じだったのか。

ラーシュの話を聞く限り、けっこうな大騒ぎだったような気がするのに、信じられないことに私は本当に覚えていなかった。

「俺、それ聞いてビビッてしまってね。嫌々仕事をするな、いつでもクビにできるんだぞ、って意味かと思って」

「ああ、確かに、そう取ってもおかしくないね」

ジュリアンが小さくうなずきながら、相槌を打つ。

「正直なところ、俺、それまで姫さまのことをあんまり知らなかったんですよね。だから、なに考えてるのか全然わかんなくて。でもずっと一緒にいたら、この人、本当のことしか口にしなくて、嫌味や皮肉を言う人じゃないってわかって。だから、解雇してやるって、本気で俺のために言ったんだな、と思ったら可笑しくて」

そうして口の端を上げると、私のほうを振り向く。まるで、遠くにあるなにかを見つめるような瞳をしていた。

「本当に姫さまは、あの頃からまったく変わっていないです」

「そ、そんなことはないだろう。私だって大人に……あ」

そうだった。ラーシュは私が大人に見えないらしかった。

私は自分自身に呆れ返ってしまい、額に手を当てて、俯く。

するとその場に笑いが溢《あふ》れた。

十歳のときの話。今のジュリアンと同じ年齢のときの話。

俯いたまま、チラリと上目遣いで視線を向ける。その視線に気付いた彼は、にっこりと私に向かって微笑む。

彼だったらきっと、もっと上手く立ち回れたのだろうな、と思った。

◆ジュリアンが仕留めました

その日も私たちは狩りに出かけた。

こんなに頻繁に山に入ることはあまりないが、ジュリアンが早く山に慣れたいと言い、忙しい兄は抜きで、私とジュリアン、ラーシュとマルセルの四人で入山することになったのだ。

それまでも、ジュリアンは弓の練習はしていたようだ。

「いやあ、上手くなりましたよ。努力家ですね」

ラーシュは感心したような口調で、そう褒める。それを聞いたジュリアンは、照れくさそうに頬を染めていた。

空き時間に、ラーシュは二人に弓を指南したらしい。ジュリアンほどではないけれど、マルセルもそれなりに使えるようになったということだ。

「この国に骨を埋める覚悟ならば、必須かと思いまして。なかなか難しいのですが」

マルセルが恥ずかしそうに、そうぼそぼそと口にする。

これからどうなるかはわからないけれど、帰国命令は出ない可能性が高いと見ているのだろう。

「今日は、私も狩りに成功したいです」

両手で拳を作って胸の前に掲げると、ジュリアンはそう力強く宣言した。

「ああ、でも狩りというものは、山に入れば狩れるというものではありませんから、たとえ獲物がいなくとも、残念がる必要はありませんからね」

実際、何時間も歩き回っても、獲物にまったく巡り会えないなんてことは珍しくもなんともないのだ。

焦ってはいけない、と思ってそう助言したつもりだったのだが……ジュリアンはこちらを恨めしそうに見上げてくる。少し不貞腐れているようだった。

なんだなんだ。

「カリーナ、そういうときは、『がんばれ』とか『期待している』とか、前向きな言葉をかけてください」

「え……と、そういうもの、ですか」

「はい」

彼は、こくりとうなずいた。

そのほうがいいのなら、と私は彼に向き直る。

「では……『がんばってください』」

「感情がこもっていないです」

なんと。ダメ出しをされてしまった。

私は息を吸い込むと、彼に向かって身を乗り出すようにして、両の拳を胸の前で握りつつ、真正面から声をかける。

「がんばってください」

「はい、期待してくださいね」

私の励ましの言葉に、ジュリアンは頬を緩めて応えた。

「なにやってるんだか……」

背後でラーシュが呆れたような声でそうつぶやいた。

◇

ところがなんと、入山してからすぐに、猪に出会ってしまった。

ガサガサと音を立て、茂みの向こうで動いているのがわかる。

しかしあれは。

私が一瞬、躊躇《ちゅうちょ》している間に、ジュリアンは素早く矢筒から矢を取り出すと、猪に向かって構える。

決断が早い。

とても二回目の狩りとは思えない。

私はこっそりとラーシュに視線を移す。彼もそれに気付いたのか、ジュリアンから隠れるようにしてうなずいた。

これは成り行きを見守ろう。

狙いが定まったのか、ジュリアンは矢筈を持っていた手を放す。放たれた矢はまっすぐに飛んでいき、そして茂みの中に飛び込んだ。

「行こう！」

ラーシュは私が言うよりも早く動き出していて、あっという間にその場からいなくなった。

残されたジュリアンは頰を紅潮させて、つぶやく。

「あ……当たった？」

「当たったぞ」

私の返事に、ジュリアンはほっと息を吐いている。いくら練習したところで、狩りの場で本当に当てるのは、動いている的《まと》が相手だから当然なのだが、難しい。

「早く、気絶しているのか確認して、血抜きしなければ」

立ちすくんでいるジュリアンに声をかける。

「あっ、ああ……」

気分が高揚しているのか、少し呆けているように見えた。

私はマルセルと二人で、ジュリアンを守るようにして、茂みに向かう。

ラーシュはすでに、心臓にナイフを突き刺し、血抜きを行っていた。

見れば、猪の眉間に傷があった。

おそらく、ジュリアンの矢では動きを鈍《にぶ》らせただけだったのだろう。ラーシュが気絶させて、とどめを刺したのだ。

「もー、遅いですよ。血抜きは素早くやらないと」

プンプンと怒ったようにラーシュは非難してくるが、おそらくそれは、ジュリアンに気を使っているのだろう。

「す、すまない」

「まあ、初めての獲物ですからね、戸惑うのもやむなしです」

明るい声でそう返されて、ジュリアンは目を瞬かせた。

「初めての、獲物……」

そうして、息絶えた猪を見つめている。

「……猪って、もっと大きいのかと思っていました」

そう感想を口にする。そう、そこに横たわって血を流している猪は、小さかった。子犬くらいの大きさだ。

「模様が、あります」

私がそう返事をすると、ジュリアンは小首を傾げて私を見上げてきた。

「模様？」

「ええ、縞《しま》の模様があるでしょう。これがある間は子どもなんです」

「子ども……」

だから、小さい。大人の猪はもちろん、もっと大きい。不慣れな子どもが放った矢の一本で動きを止めることはできなかっただろう。

ラーシュと私は、茂みの中で動く猪の背中に、この模様があることに気付いた。だから躊躇してしまったのだ。

「今回は……狩ってしまったのでいただきますが」

「まずかったんですか？」

「ええ、子どもの猪は、基本的には狩りません。狩るのは大人の個体です」

「そうですか、子どもを殺すのはやはり可哀想ですよね……。私が逸《はや》ってしまったばかりに……」

目を伏せて、ジュリアンはしゃがみ込むと、猪の子の背中をそっと撫でた。

いや、可哀想というのもあるが、それが主な理由ではない。

「可哀想というか、大きくなってからのほうが食べられる場所も多いですし」

「え？」

「あと若い個体は繁殖しますし」

「え、ああ」

「それから、子どもを狩ると親が怒りますので危険です」

「そ、そうなんですか」

「はい」

私はあたりを見渡す。近くにいるはずだ、この仔猪の親が。

「血抜きをしたら、すぐに山を下りましょう」

ラーシュの提案に、私は首肯する。

「今日は山中で処理はせず、持ち帰りましょう。危険ですし」

「わかりました」

私の言葉に、ジュリアンとマルセルは素直にうなずいた。

縄で脚を縛り、落ちていた太い木の枝に吊るすと、私たちは急いで山を下りる。

帰りの荷馬車の荷台の上で、ジュリアンは膝を抱えて、じっと横たわる仔猪を見つめていた。

「私は、功を焦ってしまった」

荷馬車に揺られながら、そう、ポツリと零す。

「え？」

「きっと……カリーナも、ラーシュも、この猪は狩るべきではないと思っていたのでしょう？」

そう問われて、返事に窮《きゅう》する。荷馬車を操っているラーシュも、口を開かないままだ。

「でも、私が弓を構えたから、黙っていてくれたんだ」

消え入るような声で言ったあと、抱えた膝に顔を埋める。

私は、ジュリアンに膝を進める。

そして、なるべく柔らかな声になるよう心がけつつ、語りかけた。

「おめでとうございます」

私の声に、ジュリアンはゆっくりと顔を上げ、そしてこちらをじっと見つめてくる。

「おめでとうございます。あなたの、初めての獲物です」

「で、でも」

「ジュリアンの初めての獲物です。おめでたいことです。私は食べるのが楽しみです」

まだ納得できないのか、彼は目を逸らしてしまう。

「めでたい……のかな」

「それに、あんなに素早く決断できるのは、素晴らしいことです。普通は、どうしようかと悩んでしまうものです。当たるか当たらないか迷ってしまって、結果、逃してしまうことはよくあることなんです。決断力があることは狩りには重要なんですよ。あれは、才能です」

重ねて語る私の言葉に、ジュリアンはまたこちらを見上げて、不安げに瞳を揺らす。

「そう、かな」

「そうです。大事なことです」

私は大きくうなずく。すると彼は、弱々しくも笑顔を見せてくれた。

「いやあ、驚きましたよ。俺なんて、最初の狩りのときは身体が震えちゃって、当たりもしませんでした」

　御者台からラーシュも声を張ってくる。

「ラーシュでも？」

「そりゃそうでしょ。最初から当たる人なんて、本当にごく一部ですよ」

　それを聞いた彼は、私にも問うてくる。

「カリーナも？」

「ええ、もちろん」

「コンラード殿下も？」

「兄上は……当てたらしいです」

　兄だけは、なにをやっても最初からできてしまう。本当に悔しい。

　私の苦々しい表情が見えたのだろう。ジュリアンは、ふふ、と笑った。私はそれを見て、心の中で安堵の息を吐く。

　よかった。せっかくの初めての成功体験を、嫌な思い出にして欲しくはなかった。

　彼には、笑っていて欲しい。

「仔猪は美味しいですよ」

「そうなんですか」

「今夜はごちそうです。ジュリアンのおかげです」

「それなら、よかった」

王城は、もうすぐだ。

◇

仔猪の処理は、衛兵たちや料理人たちに任せて、私たちは城内に入った。

「ごきげんよう、カリーナ殿下、ジュリアン殿下」

すると出迎えてくれたのは、マティルダとエリオットだった。

「今日は狩りでしたのね。わたくし今日は、お父さまについて登城しておりましたの。ジュリアン殿下がいなくて寂しかったのですけれど、お会いできてよかった。帰ってこられたと聞いて、気が逸ってしまって出てまいりましたわ」

明るい声で、ジュリアンにそう話しかけている。

「先日のカードゲームをしていたんですのよ。ジュリアン殿下もいかがです？」

そう誘われて、ジュリアンは小首を傾げた。

「それは、私も交ざってもいいの？」

「いっ……いいんですのよ！」

マティルダは焦ったように返事をしている。

「もちろん。むしろ、あのカードゲーム、二人より三人のほうが面白いから、いてくれたほうが嬉しいな」

エリオットはにっこりと笑いながら、そう誘っている。可愛い。

「じゃあ、遊んでくるといいですよ」

こちらに遠慮するような素振りを見せていたので、私は声をかける。彼はこちらを振り返るようなずいた。

「では、行ってきます」

「はい」

そうして三人で連れ立って去っていく。

「ああ、でも、汚れているから着替えてきてもいい？」

「ええ、お待ちしておりますわ。今日は狩れましまして？」

「猪を狩ったんだ」

「えっ、すごいですわ！」

「もうそんな大物、狩れるようになったんだ」

「大物っていうか、子どもの猪で」

「でもすごいよ。おめでとう」

「仔猪は美味しいんですのよ」

「うん、そう聞いた」

そうして楽しく話をしている三人を見ていると、私とジュリアンで、あそこまで話が弾むことはあるのだろうか、とチクリと小さく胸が痛んだ。

◇

その夜、私の部屋の扉をノックする者がいた。

こんな時間に誰だろう。そう思いながら、私は書き物机から立ち上がる。

「はい」

扉の内から返事をすると、「ジュリアンです」と返ってきた。

私がそれに応えて扉を開けると、彼がそこに一人で立っていて、こちらを見上げている。

あたりを見回しても、マルセルはいなかった。

「今、大丈夫ですか？」

そう問いかけられて、戸惑いつつもうなずく。

「大丈夫ですが……」

いったいなんの用事だろう。マルセルを侍らせていないとなると、なにか彼に内緒の話でもあるのだろうか。

「よろしければ、どうですか」

ふいにそう訊いてくると、彼は後ろに回していた両腕を前に出した。その手には、あのマティルダのカードが入っている箱が握られていた。

「それ……」

「カリーナが、このゲームに興味があるらしいと聞いて、マティルダ嬢から借りたんですよ」

「う」

それをジュリアンに教えたのは、きっとマルセルだ。以前、十歳の三人でカードゲームをしていて席を外したときに、そういう話をした。

しかしそれを知られてしまったとは、なんとも気恥ずかしい。

「え、ええ、確かに興味はあります」

そう自分で口にしながら、しっくりこなかった。だって結局、このカードゲームがどんなものなのか、調べようともしていない。これを興味があると言い切ってもいいものか。

「貴賓室が空いているのを確認しています。行きましょう」

私の返事を待たず、ジュリアンはさっさと廊下を歩いていく。私も慌ててそのあとを追った。

彼の背中を追いかけて歩きながら、問いかける。

「あの、マルセルは……」

「マルセルは、ラーシュに弓を教わっています。だから私一人では暇なので、どうかと思ってお誘いしました」

前を向いたまま、ジュリアンはそう答えた。

「マルセル、がんばっているんですね」

「そうなんです」

そんな会話をしているうちに、貴賓室に到着する。扉の前には侍女が控えていて、こちらに気付くと、扉を開けた。中はいくつかのランプが灯されていて明るい。私たちが中に入ると、彼女は脇に用意してあった紅茶を淹れ始める。

なにもかも準備万端らしい。ジュリアンらしい心遣いではあるけれど、もし私が断ったら全部無駄になったのか。よかった、特に用事のないときで。

私たちは向かい合わせに腰かける。ジュリアンはカードの入った箱を開けて、中身を取り出した。

「まずは、やってみましょう」

そしてカードを並べ始めようとするが、ジュリアンはふいにその手を止めると立ち上がって、自分の椅子を抱える。

「最初ですから、お隣で説明します」

そして椅子をこちらに移動し始めた。

やはり身体のわりに椅子は大きい。私も手伝おうと立ち上がるが、ジュリアンはこちらを見ると口を尖らせた。

「手を貸さないでください。女の人にさせたくないです」

「えっ、はい」

その勢いに押されて、私はまたストンと腰を下ろす。

女の人。いや、確かにそうなのだが。つまり、ジュリアンは男の人。いや、それもそうなのだが。

改めて考えてみると、なんとなく落ち着かなくなる。

ジュリアンはせっせと椅子を私の横に持ってくると、そこに腰かける。それを待っていたかのように、侍女が紅茶の入ったカップを、それぞれの前に置いていく。

そして腰を折ると、部屋を出ていった。

そういえば、こんな完全な二人きりは初めてかもしれない。だからか、所在なくソワソワとテーブルの上で指を組んだり離したりしてしまっている。

「じゃあ、並べますね」

ジュリアンはカードを裏の色別に三つの山に分け、それぞれから四枚、表にして並べた。

「綺麗な絵ですね」

私はカードを覗き込むと、そう感想を口にする。ルンデバリ侯爵が娘のためにと買ってきたものだから、やはりこういった華やかさは大事なのだろう。

それから、宝石が描かれたコインのようなものも、その場に出す。その宝石はもちろん絵なのだが、キラキラと輝いているかのように表現されていた。

準備をしながら、ジュリアンは語り始める。

「実は、エイゼンで遊んでいるのを見ていたことがあるんです。だからエリオット殿下を負かしてしまいました」

そういえば以前は、エリオットが最初に負けていた。そういうことならジュリアンのほうが強くても仕方ない。

「エイゼンにもあるゲームなんですね」

「この宝石のコインですが、大人たちは本物を使うこともあるようですよ」

「それは……豪華ですね……」

「まあ、あまり褒められた遊び方をしていたわけではなさそうです。でも今日は健全ですからね、安心してください」

ジュリアンは苦笑交じりにそう話す。おそらくその宝石自体を賭けて遊んでいたのだろう。贅沢な遊び方で、大国らしいとでも言おうか。

そんなことより、先ほどから気になっているのだが……やけに距離が近くはないだろうか。ときどき肩が触れるほど、近くにいる。

いや、それは意識しすぎというものか。さっき女の人とかいう話が出たものだから、自意識過剰になっているのかもしれない。

「カリーナ」

「はいっ」

急に呼びかけられて、肩が跳ねた。まずい、これは間違いなく過剰反応だ。

「ちゃんと見ていてくださいよ？」

気が散っていると思われたのだろう。ジュリアンは小首を傾げてこちらを覗き込んでくる。

「見てます、見てます」

慌ててそう弁解すると、彼は目を細めた。

「それならいいです」

私はその返事を聞いて、心の中で胸を撫で下ろす。意識しているのを知られるのは、本当にいたたまれない。

それからジュリアンは丁寧にルールを教えてくれた。次に、試しにと遊んでもみた。

けれどその後もジュリアンは、椅子を移動させることなくずっと隣にいて、私は始終、気もそぞろだった。

だからか、何回やってもカードゲームで勝つことはできなかった。そしてまた、ジュリアンは笑いが止まらなくなっていた。悔しい。

◆寝不足を心配しました

成功体験のあとは、すぐさまそれを積み重ねるべき、という兄の主張で、私たちは何度も山に足を踏み入れた。

「できれば、鹿を狩って欲しい」

と極上の笑みで要請されたので、成功体験云々《うんぬん》は、後付けの理由のような気がしないでもない。

兄は最近、忙しいようで、なかなか狩りに参加できないことを歯痒く思っているようだった。

とはいえ、さすがに兄のような狩りは無理なので、犬使いの者の身体が空いているときを狙って入山するようにしている。

「へえ、王子さまも、もういっぱしの狩人だなあ!」

何度目かの狩りのとき、犬使いは感心したように声を上げ、ジュリアンの頭を大きな手でぐりぐりと撫でた。それはどうかとハラハラしていたが、ジュリアンはされるがままになっていたし、少し嬉しそうでもあったので、口を挟むのはやめた。

そうしているうち、マルセルも鹿を仕留めるのに成功したりもした。

鹿の処理を遠目で眺めるだけで真っ青になっていた彼も、自分が仕留めたのだから、とたどたどしくも、ナイフを使って処理をしていた。時間はかかってしまったが、無事に自分で終わらせることができた。

彼らはもう、このマッティアの人間なのだと、私にはそう思えた。

◇

その日も狩りに行くつもりで、荷馬車を準備していたときだ。

隣にいるジュリアンが、片手で顔を覆っているのが目に入った。

眠そうだ。なんとか見せまいとはしているが、ときどき欠伸《あくび》もしている。

昨夜は狩りの前日だからと早めに就寝したはずなのに。とすると、十分な睡眠が取れなかったのだろうか。

「もしかして、眠れなかったんですか？」

「あ、いえ……」

私が声をかけると、答えを探すように目を泳がせる。ということは、やはり眠れなかったのだろう。

「無理はなさらないでください。危険ですし。今日はやめておきましょう」

「えっ、でも」

「ここのところ、頻繁に狩りに出ていましたからね。通常、こんなに連続で山に入ることはありません。今日はお休みしましょう」

ジュリアンは不安げにあたりを見回したが、他の人間の顔を見て、これは休んだほうがいいのだと判断したのだろう。諦めたように息を吐いた。

「すみません……」

「謝ることではありませんよ」

そう返すと、ジュリアンはホッとしたように口を開く。

「実は、いつもではないんですけれど」

「はい」

「夜になると足が痛くなって、眠れなくなることがあるんです」

「えっ」

「でも、朝になると痛くなくて。今もほら、まったく」

そうしてその場で足踏みしてみせた。

「きっと、エイゼンではこんなに動くことはなかったから、そのせいだと思います」

心配かけまいと思ったのか、殊更に明るい声を出している。

けれど眠れないほどの痛みとなると、放っておくのもどうだろう。

「どこか痛めたのでしょうか……」

少し連れ回しすぎたのかもしれない。それに、狩りに怪我はつきものだ。彼のことだから、痛みを隠したまま動いていたとも考えられる。

「大したことはないですよ」

「いや、医師に診《み》てもらいましょう」

「そんな大げさな」

そこまで黙って聞いていたラーシュが、ふいに口を挟んできた。

「姫さま。それたぶん、病気とか怪我とかじゃないです」

「え？」

「ま、念のため、診てもらいますか」

ラーシュは、くるりと背を向け、城内に向かって歩き始める。

私たちも慌ててそれについていった。

少し歩いて到着したのは、城内に常駐している医師のところだ。

老医師は自分の前に置いてある椅子にジュリアンを座らせると、彼の足を持って、いろんな向きに動かしている。けれどジュリアンは、まったく痛がる素振りを見せない。

足から手を離すと、医師は彼に問うた。

「夜だけですか」

「はい、今はまったく。あっ、仮病じゃないですよ。夜は本当に痛いんです」

あまりにもなにもないので逆に不安になったのか、ジュリアンはそう言い募っている。

すると医師は、ははは、と声を上げて笑った。

いや、笑いごとなのだろうか、と私が心配していると、医師はジュリアンを覗き込むようにして告げる。

「成長痛というものだと思いますよ」

「成長痛?」

私とジュリアンは、思わず訊き返す。ラーシュは「やっぱりね」と、つぶやいていた。

「急に身長が伸びたりすると、なるんですな」

「へえ……」

それは、ジュリアンの身長が伸びているということか。いつも一緒にいるからか、その変化には気付かなかった。

「きっと、大きくなられますな」

孫でも見るような温かい瞳をして、医師は彼にそう声をかけた。そして医師も、犬使いと同じように、大きな手でその頭をぐりぐりと撫でる。

ジュリアンは少し嬉しそうに、頬を紅潮させていた。

とにかく、大したことはないようで、診察もすぐに終わった。ほっと胸を撫で下ろす。

「とりあえず、今日の狩りはお休みにしましょう。無理はいけません。これからも眠れない日があったら、すぐに知らせてください。中止にすることは、悪いことではないんですから」

医師の部屋を出てすぐ、廊下に突っ立ったままそう私が諭すと、ジュリアンは笑みを浮かべてうなずいた。

「はい、大丈夫です」

「本当にわかっているんですか。無理は禁物なんですからね」

なぜかニコニコとしている彼に不安になって、腰に手を当てると身を屈め、指を差しながらそうクドクドと重ねる。

「わかってますって」

これは、面倒になっている。けれど笑顔はそのままだ。

「笑いごとじゃないんですよ」

どうにも事を軽く見ているんじゃないかと心配で、しつこいな、と自分で思いつつもそう続ける。

すると彼は、「ああ」と声を漏らして、自分の頬に手を当てた。

「すみません、つい、嬉しくて」

「嬉しい？」

「私が大きくなったら、カリーナと踊れると思って」

「えっ」

突然、思いもよらぬことを言われて、私は固まってしまう。

それに、輪舞ならば、一緒に踊ったではないか。

私の考えていることがわかったのかジュリアンは、ふふ、と意味ありげに笑った。

「二人で組んで踊る社交ダンスを踊りたいんです」

「ああ……」

「私は婚約者なんですから、ちゃんとカリーナをエスコートしたいんです」

「そ、それは……ありがとうございます……」

「身長差がなくなれば私がリードしますから、カリーナはもう下手だって思わなくていいんです」

「まあ……それは」

「そのときが来るのが楽しみです」

満面の笑みでそう語るものだから、私はそれ以上なにも返せなくなって、ただその笑顔を眺めるだけだった。

上手く想像できなくて、難しい顔をしてしまっているかもしれない。けれど私の胸は、軽やかに高鳴っていた。

「いつまでもラーシュにその席を譲りっぱなしではいられないですからね」

ラーシュのほうを振り返ると、彼はにっこりと笑ってそう付け加えてみせる。

笑顔を向けられたラーシュは、嫌そうに眉根を寄せた。

「大きくなればいつでもすぐさま、お役御免《ごめん》になりますよ」

そうして肩をすくめた。

ジュリアンは、面白そうにクスクスと笑っていた。

◇年下王子の胸の内　～嬉しい痛み～

新しい発見があった。

どうやら私は、安心したときに笑ってしまうらしい。そして止まらなくなってしまうらしい。どうして笑いが止まらないのかといろいろと考えてみたら、その結論にたどり着いたのだ。自分がこんなに笑い上戸とは知らなかった。

そんなこともあり、この国で私は新しい人生を歩んでいるのだ、と実感するようになってきた。

カリーナは、どうなんだろう。やはり彼女の表情を読むのは難しい。彼女の言葉はそのまま信じていいとしても、口にしないことはわからない。

そもそも私は、カリーナのことはもちろん、女性の心というものをそんなに理解しているわけではない。彼女に私を見つめてもらうために、なにをすればいいのかもわからない。

だから勇気を振り絞って、二人の侍女たちに内緒話を持ちかけた。

「あの……女の人に……好意を持ってもらえるようにするには……どうしたらいいと思う……？」

恥ずかしさで死ねる。しかし侍女たちはキラキラと表情を輝かせて、前のめりで話に乗ってきた。

「私は、褒められたらすっごく嬉しいです。私は特別なんだなって思えます。そうしたらこちら側も、この人は特別な人だって思うようになっていくんです。言わなくてもわかるだろうなんて、甘えです！」

なぜか力説された。

「でも、私が褒め言葉……たとえば、美しい……とか言うのは、ちょっと……おかしいし、恥ずかしいことじゃないかな……」

以前、思わず褒めすぎたときのことを思い出してそう話すと、侍女はずいっと身を乗り出してきた。

「いいえ！　おかしくもないし、恥ずかしくもありません。それに、口にしないと伝わらないんですよ。褒め言葉はいくら言われても嬉しいものです」

「そ、そうか」

しかしそれを聞いていたもう一人の侍女が口を挟んでくる。

「私は逆に、好きになられると引いちゃうんですよね。相手が違う人に目を向けていると、燃えちゃいます」

そうなのー？　キャー！　と二人は華やいだ声を出した。

これは難しい。どうすればいいんだろう。やっぱり女性の心は、カリーナでなくとも複雑なのだ。

とにかくやってみるしかない、とカリーナの誕生日にまずは褒め言葉から試してみた。すると、わずかに頬を染めた。よく見ないとわからないくらいだったけれど、焦っている様子も窺えたし、一定の効果はあったらしい。

そして踏み台にするようで申し訳ないけれど、マティルダ嬢をダンスに誘ってみた。こちらは引いている気配が感じ取れたし、一人にすると違う人が誘いに来るかもしれないからラーシュを盾にするしかなかったし、言い訳が必要だったたし、失敗と呼べるだろう。なにより、当て馬みたいにしてしまう女性に申し訳ない。

でも、カリーナや他の人たちも楽しそうだったからよしとしよう。それに、いろんな人と踊るのは面白いし、私の身長が伸びるまでは、お互い練習も必要だ。

狩りは難しいけれど、成功もするようになってきた。これで少しは当初の目標である、カリーナにかっこいいと思ってもらえる自分になってきただろうか。もちろん、コンラード殿下やラーシュにはまだまだ敵わないけれど。

もっともっと、近くに行かなければ。カリーナはまだ私のことを、弟のようなものだと思っているかもしれない。それではいけないのだ。

マティルダ嬢がカードを持ってきたときに、以前カリーナが興味を持っていたとマルセルが言っていたのを思い出し、借りたいと申し出てみた。

するとマティルダ嬢は「あら」と微笑むと、快くカードを渡してくれた。

「ええ、どうぞ。楽しめるといいですわね」

察しがいい。きっとカリーナと遊びたいと思ったことをお見通しなのだろう。

カリーナもこれくらい察しがよければ、ここまで苦労しなくてよかったかもしれない、なんてことを思う。

そのカードを持って、カリーナと二人で遊びたいとマルセルに相談してみた。彼は腕を組んで、うーん、と唸る。

「誘えば乗ってくださるとは思います。けれど、二人というのは難しいかと。ラーシュがだいたい一緒にいますよね」

「ゲームをしている間だけでも、引き離せないかな」

少々の期待を込めて、マルセルをじっと見つめる。その視線に怯《ひる》んだのか、少しの間、目を泳がせていたけれど、しばらくしてポンと自分の胸を叩いた。

「お任せください。その時間、弓の指導を願い出てみます」

そうして私たちは、カリーナと二人きりになるための計画を練った。

真面目なマルセルを裏工作に加担させてしまった。少し申し訳なく思う。

でも、侍女たちも面白がって協力してくれたし、これもよしとしよう。

そして計画は成功した。少しは男として見てくれただろうか。そこは残念ながら、確信は持てない。

けれど焦る必要はないのだ、と思い直す。

私たちには、これからもずっと、一緒に歩んでいく時間がある。夫婦として、二人でこの国で暮らしていくのだから。

そうだ、焦ることなどない。

いつか、この気持ちがカリーナに伝わるといい。そして、カリーナにも同じように想ってもらえるよう、がんばっていこう。長い時間があるのだから、きっと大丈夫だ。

夜の足の痛みが、苦しいだけのものから、喜びに変わる。

それは素晴らしい、未来への展望だった。

◆恋の終わりを見届けました

その日、夕餉には私の狩った鹿肉が出された。

うん、なかなかいい味である。もちろん料理人の腕によるところも大きいが、鹿肉そのものの味もいい。

私は自分の仕事に満足すると、上機嫌で鹿肉を次々にフォークで口に運んでいた。

「カリーナ、嬉しそうですね」

からかうような声音で、ジュリアンがそう話しかけてくる。

「ええ、今回の処理は上手くできたと思うので」

「なるほど」

私の返事を聞くと、ジュリアンは拳を口に当て、俯いて肩を揺らした。

どうやらまた、なにかが面白かったらしい。

しかしそうして笑っている彼を眺めるのは、私もまた楽しいのだ。

「ジュリアン殿下。カリーナ。それから、エリオット」

ふいに兄に声をかけられ、慌てて口元を押さえると、口の中に残っていた鹿肉を咀嚼してから顔を上げる。

すると、思いの外《ほか》、真剣な表情の兄がこちらを見つめていた。

食事中の会話が途切れるのを待っていたのだろうか。

「三人は、フレヤ嬢とは親しくしていたね？」

突然兄の口から出たその名に、私はフォークを置く。

「フレヤが、どうかしましたか？」

彼女は最近ずっと、元気がない様子だった。

先日、マティルダが王城にやってきたときにも、彼女はフレヤを誘ったのだが、またしても断られたということだった。

「もしや、体調が？」

ひょっとすると病に伏せっているのではと、私は問う。ジュリアンもエリオットも心配そうな瞳をして、兄の次の言葉を待っていた。

すると兄は、苦笑交じりに答えた。

「いや、身体のほうは、いたって元気だそうだよ」

その返事に、私はホッと息を吐く。

けれど次の瞬間、兄の返答に違和感を抱いた。

身体のほうは？

兄は私の心の中に浮かんだ疑問に気付いているのかいないのか、そのまま続ける。

「来週、フレヤ嬢の誕生会が彼女の屋敷で開催されるんだが、三人とも、その誕生会に参加して欲しい」

なんだ、それはおめでたいことではないか。

拍子抜けしてしまって、身体から力が抜ける。

しかし兄は、さらに続けた。

「通常、一貴族の舞踏会にここまで王家の人間を揃えることはないんだが、三人は親しいということだし、それに、国にとっても重要なことが発表されるからね」

「……え？」

兄は、ジュリアン、私、と順番に視線を移す。

最後に、エリオットを見据え、そして告げた。

「ヨンセン伯爵家のフレヤ嬢は、オークランス伯爵の子息と、婚約することが決まった」

◇

兄が言うところによると、これはフレヤの父、ヨンセン伯爵主導で進んだ話だという。

ヨンセン伯爵家所有の山では、猪の生息数が増加してきており、これを革製品として売り出せるかと試行錯誤していたのだそうだ。

そこで、皮の鞣し技術に優れたオークランス伯爵家と協力関係を結ぼうと画策していたらしい。

オークランス伯爵家としても、安価で猪の皮が手に入るなら願ったり叶ったりだということで、この二家は手を結んだ。

そのための、政略結婚である。二家の繋がりをもっと強くするための、結婚だ。

すでに二家が製作した革製品は、他国にも売り出され、好評を博しているという話だった。

兄が、以前の狩りのときに言っていた。

『オークランス伯爵領では、皮の鞣し技術に優れた職人が育っているようだよ』

あのとき私は、どう返した？

『ではもう少し柔らかくて軽い革もできるでしょうか』

今思えば、なんて軽い言葉だったのだろう。

皆の望む、柔らかくて軽い革は、もちろんできるのだろう。それ自体は素晴らしいことだ。

ただ、一人の少女が、自分の恋心を押し隠さねばならなくなった。

私たちは、フレヤの恋心と引き換えに、素晴らしい革製品を手に入れることができるようになるのだ。

◇

ヨンセン伯爵邸に到着した私とエリオットとジュリアンは、従者たちとともに大広間に案内された。

そしてまずは、恰幅《かっぷく》のいい身体つきのヨンセン伯爵が、私たちの側に歩み寄ってきた。

「娘のために、王女殿下に王子殿下、それにエイゼンの王子殿下にもお越しいただき、感謝のしようもございません」

少しばかり、彼は声を張っている。そのせいで、元々注目を集めていた私たちは、さらに大広間中の視線を集めることになってしまった。

『高嶺の花』の私たちは、ひっそりと参加することは許されないのだ。

「多いですね」

伯爵が私たちの前から去ったあと、ぼそりとラーシュが背後でつぶやいた。

そう、多い。王家主催の舞踏会にも勝るとも劣らない人数が、その場に集まっている。

皆、知っているのだろう。この舞踏会は、フレヤの誕生日を祝うだけの集いではないのだと。

伯爵が立ち去るとすぐ、主役をそっちのけにして、貴族たちが私たちの周りに集まってきた。

私たちはその挨拶の列をなんとかこなすと、フレヤの姿を探す。すると彼女のほうからこちらにやってきた。

「本日は、わたくしの誕生会にお越しくださいまして、感謝申し上げます」

そう礼を述べると、美しく淑女の礼をする。

そして彼女が顔を上げたときの表情は、誕生日というめでたい日を迎えた少女とは思えない、硬いものだった。

「フレヤ、誕生日おめでとう」

「ありがとうございます」

笑みを顔に貼りつかせて、彼女が答える。

続いて、ジュリアンも声をかけた。

「誕生日おめでとう」

「ありがとうございます」

やはりジュリアンにも、硬い声音で返している。

「おめでとう、フレヤ」

けれど、エリオットがそう祝いの言葉をかけたとき。

一瞬の間があったあと、フレヤは震える声で応えた。

「ありがとうございます」

そして唇をきゅっと引き結び、ゆっくりと両の口の端を上げた。懸命に笑みを浮かべようとしているように、見えた。

「どうぞ、ゆっくりしていらしてくださいませ」

そう締め括ると一礼して、フレヤはくるりと背を向けて立ち去っていく。彼女はあちらこちらで捕まり、祝いの言葉をかけられていた。

ちらりと、エリオットに視線を移す。

彼はただ、じっとフレヤの背中を見送っていた。

その表情を見て、思う。

エリオットは、彼女の淡い恋心に気付いているのだ。告白などはされていないだろう。けれど彼女の気持ちは、王子に対する憧れだけではないと、知っているのだ。

彼自身の想いはわからない。だが好意を向けられていることを理解している。

エリオットはこうして、幼くて可愛い弟ではなく、思慮深い男性に育っていくのだろう。

悲しいけれど王侯貴族の恋は、なにも告げられずに、ひっそりと終わっていくものなのだ。

それ以降、私たちはなんとなく口も重くなってしまって、特に話が弾むことなく時間が流れていった。

そして、広間の至るところで繰り広げられていた各々の挨拶も一通り終わった頃。

ヨンセン伯爵は、大きく手を広げて声を上げる。

「この場にお集まりの皆さま、本日は我が娘、フレヤのためにご足労いただき感謝します」

伯爵の謝辞に、参加者たちは歓談を止め、そちらに視線を移した。

注目を集めたことがわかると、伯爵はひとつコホンと咳払いをして、再びもったいつけたように口を開く。

「実は、今宵《こよい》はもうひとつ、喜ばしい報告があるのです」

誰もが、ああ、と小さく首を縦に動かした。

知っているが公表はされていないことを今から聞かされるのだと、皆確信しているようだ。

「我が娘、フレヤと、オークランス伯爵のご子息、フィリップ殿との婚約が成立いたしました！」

わっと拍手が湧く。

その拍手の渦の中、ヨンセン伯爵とオークランス伯爵は、満面の笑みで互いに歩み寄り、そしてがっちりと固い握手を交わした。

その横にひっそりと、フレヤと、そして婚約者となったフィリップが並んで立っている。

柔和《にゅうわ》な雰囲気を持つ、スラリと背の高い、茶色の髪と瞳の真面目そうな青年だ。フレヤより五つ上の十六歳と聞いている。

フレヤとフィリップは、間違いなくこの話の主役であるはずなのに、彼らのほうに視線を向けている者はあまりいない。

参加者たちは口々に祝いの言葉を述べているが、それはいったい、なにに対してなのだろう。

「これでヨンセン伯爵家とオークランス伯爵家は安泰《あんたい》、というところですかな」

「いやはや、他国での成功は大きかった」

「これで勢力図が変わりますな」

そんなヒソヒソ声が聞こえる。

フレヤは今日十一歳になったばかりで、結婚をする年齢ではない。だから実際に婚姻関係となるのはまだ先のことだ。けれどこうして婚約を大々的に発表した以上、それは揺るぎない未来となったのだ。

そんなことを考えているうち、私たちに歩み寄ってくる者があった。

「ごきげんよう」

「マティルダ」

彼女は立ち止まると、いつものように淑女の礼をしてみせた。けれど常とは違い、なんとも形容し難い表情をしていて、明るさには欠けている。

それに、まるでエリオットのほうに視線を向けない。いつもの素直でない態度ではなく、そちらを見ることを躊躇っている様子だった。

きっと、フレヤに遠慮しているのだろう。

私がエリオットにチラリと目をやると、彼はジュリアンと話をしているところだった。なにを話しているかまでは聞こえない。

「カリーナ殿下は、このことをご存じでしたか？」

おずおずと、マティルダが尋ねてくる。私は振り返ってその問いに答えた。

「ああ、一週間前に」

「そうでしたか」

返事を聞いたマティルダは、ほうっと嘆息する。

つまりエリオットもそのあたりで知ったのだと、わかったのだろう。

「フレヤ……最近、元気がないと思ったら」

マティルダは口の中でボソッとつぶやく。大々的に言える話ではないが、吐き出したい気持ちもあったのかもしれない。

「私は、フィリップ殿の人となりまではわからないのだが、どのような御仁《ごじん》か知っているだろうか」

たまに参加する舞踏会でも、彼の顔を見た覚えはない。

せめて、見た目通りの優しい人であればと思い、そう問うた。

マティルダは微笑むと、私を見上げてくる。

「フィリップ兄さまは、あ、いえ、兄さまではないんですけれど、わたくしたちのお兄さまのような方なんです」

「そうなのか」

「わたくしたちが喧嘩していると、間に入って仲裁してくださるような方で」

彼女は小さく笑うと、目を伏せる。

「とても……いい方なんですの。きっと、わたくしたちのことは、妹のように思っていたに違いないですわ。フレヤがエリオット殿下を慕っていることもご存じで……だから一度はお断りされたと聞いています」

けれど、家の意向で、彼の未来も決まってしまった。

仕方ない。王侯貴族の結婚というものは、そういうものだ。私も含めて。

わかってはいるけれど、すんなり納得できるものでもない。特に、十一歳という年齢ですべてを呑み込めというのは、酷なのではないかと思えた。

ただ、本来のフレヤは可愛らしくて明るい娘だし、フィリップも温厚な気質の青年らしい。恋愛感情ではないとしても、仲はいいようだ。

それがせめてもの、救いだ。

マティルダは私の隣に頼りなげに立っていたが、ふいに口を開いた。

「……カリーナ殿下は、政略により結婚するとなったとき」

「ああ」

「……どう、思われたんですか」

私は顎に手を当て、しばし考えてみる。これは真剣に答えなければならない質問だと感じた。

「最初は、驚いたな。お相手は十歳だと聞いたし、大国の王子だし。けれどまあ、そんなものかとも思った」

「カリーナ殿下らしいですわ」

マティルダはくすりと笑う。

「あと、私がエイゼンに行くものだと思っていたから、こちらにジュリアンが来ると聞いて、正直安心した」

「そうだったのですね」

「大国の王子妃は、私には荷が重い。だからマッティアにやってきて、その苦労を引き受けてくれるジュリアンが、この国で快適に過ごせるよう努力しようと考えた。なかなか上手くいかないが」

「そんなことはないですわよ」

マティルダが気を使って慰めてくれる。彼女は優しい娘なのだ。

「それにしても、ずいぶん冷静ですのね？」

小首を傾げて続けられるその質問に、私は答える。

「私は政略結婚するものだと思いながら育った。だからかもしれない。でも」

マティルダは、じっと私を見上げている。

「もし、誰かに対する想いがあったのなら、ここまで冷静ではいられなかっただろう」

たまたま私には想い人がいなくて、たまたまジュリアンは素敵な人だった。もしどちらかひとつでも違っていれば、ひょっとしたら心を乱していたのかもしれない。

フレヤだって、マティルダだって、貴族の娘として育った。彼女たちも、政略結婚をするものだと思いながら育ったに違いないのだ。

けれど今、彼女たちは、その事実に納得していない。

マティルダは小さく息を吐くと、ぼそぼそと語り始める。

「フレヤだって、本当に王子であるエリオット殿下との恋が成就《じょうじゅ》するとは考えていなかったと思います」

「そうか」

「でも……それでも納得しきれないのは、終わらなかったからですわ」

そしてフィリップの横に並び立つフレヤに目を向けると、彼女は悲し気に眉尻を下げていた。

「貴族の娘に生まれると、ちゃんと失恋することもできませんん」

ああ、そうか。

マティルダが素直になれない理由は、それなのか。

貴族の娘には、貞淑であることが要求される。

恋を始めることも、本来ならば許されない。だから、その想いに線引きをして終止符を打つことすらできないのだ。

けれど愛しく想う心が、邪魔をする。

今ならまだ、幼い頃の憧憬《しょうけい》の気持ちとして周りも温かく見守ってくれる。

そうして、あと少し、もう少し、とじりじりと諦め切れないうちに……始まってしまったのだ。終わらせられないのに。

私は顔を上げると、独り、一歩を踏み出す。

「えっ」

「姫さま?」

「カリーナ?」

「姉上」

私はドレスの裾を持ち上げ、大広間をまっすぐに突っ切り、フレヤの前まで早足で歩いた。

皆、止めることはせずに私をただ目で追うだけだ。むしろ皆、私のために道を空ける。予想外の事態に、どうしていいのかわからないのかもしれない。

私がフレヤの前に立つと、彼女はぽかんと口を開けたまま目を瞬かせ、私を見上げた。

「えっと、カリーナ殿下?」

「フレヤ、私と踊ってくれないか」

「へ?」

変な声を出して、フレヤは固まってしまっている。

私は男性たちがするように、胸に左手を当て、右手を差し出した。

「今宵の主役である、可憐《かれん》な乙女と踊る機会をいただけませんか」

いつかのジュリアンに倣《なら》って、私は極上の笑みを浮かべて誘う。

王女に請《こ》われて、断ることもできなかったのだろう。フレヤは戸惑いつつも、私の手に、その手を乗せてきた。

ホッと息を吐くと、私は唖然としているフィリップに顔を向ける。

「フィリップ殿。婚約者殿をお借りする」

「えっ、あ、はい、……どう、ぞ……？」

訳がわからない、といった具合のフィリップの返事を確認して、ぎゅっとフレヤの手を握ると、引っ張って大広間の中央へ向かう。そこにいる人たちが、あっけにとられたようにこちらを見ているのが目の端に見えた。

部屋の隅に控えていた楽団に視線を向けると、彼らは慌てて演奏を始める。

誰も、王女たる私を、咎めることはできないのだ。

「私のほうが身長が高いから、肩に手を」

「あっ、はい」

私は見よう見まねで、男性側のステップを踏む。上手くはできない。けれど構うまい。私は元々、ダンスは得意ではないのだ。

フレヤさえ、綺麗に踊れればそれでいい。

「ど、どうなさったんですか、カリーナ殿下」

不安げな声で、フレヤが問うてきた。

それはそうだろう。私だって、どうしてこんなことをしてしまったのか、少しばかり疑問に思う。

私はひとつ息を吐くと、フレヤに向かって口を開いた。

「少し、二人で話をしたかった。それだけだ。付き合わせてしまってすまない」

「い、いいえ」

「もし誰かに非難されたら、無神経な王女に面白がられてしまったとでも言っておけ」

「まあ」

私は、クスクスと笑うフレヤの耳元に向かって、声を落とす。

「フレヤ、あなたの決断に、王家を代表して感謝する」

残念ながら、私にはこの政略結婚を止める力はない。そして止めるつもりもない。この婚約が国のためになることだとは、わかっているのだ。

私たちは、彼女に犠牲を強いている。

けれどフレヤは、それを受け入れた。

確かにこの婚約は、周囲が決めたものかもしれない。

しかし彼女は、私たちのもとへやってきたときに、ぎこちなくも笑みを浮かべて見せた。

それは、フレヤの覚悟だ。

「光栄ですわ、王女殿下」

弱々しく微笑むと、こちらを見上げてくる。

私はその悲しい笑顔を見届けると、顔を上げて壁際に視線を移した。

「さて、私は、慣れぬ男性役のダンスで疲れてしまった」

「えっ、お話とは、それだけ……でしょうか」

「次なる者に引き渡そう」

私は踊りながら、壁際に向かう。引きずるような格好になってしまっているが、この際、気にしなくてもいいだろう。

ジュリアンは私が意図したことがわかったのか、彼のほうからこちらに歩み寄ってきて、そしてフレヤに手を差し出す。

「では、フレヤ嬢。私とも一曲」

「はっ、はい」

さすがにジュリアンは私とは違って、きちんとフレヤをエスコートして踊っている。

先ほどまでの私との変なダンスをおろおろとして見守っていた人たちも、心なしか安堵しているような表情だ。

輪舞のようで、社交ダンスのような。

ジュリアンが参加する舞踏会はいつも、国内の暗黙の了解を飛び越えて、誰がパートナーであるかを問わない、自由気ままで心躍るダンスになってしまう。だから、いいのだ。

呆然としていた来賓たちも、その頃から、子どもたちのすることを面白そうに眺め始め、自分たちも踊り出した。

マティルダはその様子を言葉を失って見つめていたが、少しすると意を決したように、きゅっと口元を引き結び、カツカツと靴音を鳴らしてフレヤのもとに歩み寄った。

それを見て、ジュリアンはフレヤの手を放すと笑いながら一礼する。パートナー交代の合図だ。

「フレヤ、わたくしとも踊りましょう」

「ええ、よくてよ」

しかし二人はモタモタとして、なかなか組めない。

「まあ！　わたくしが女性側に決まっているでしょう！」

「あら、今宵の主役は誰なのかを忘れまして？」

「もう！　仕方ないですわね！」

どうやら、マティルダが男性役をやることに決まったらしい。

ああでもない、こうでもない、と言い争いながら、女友だち同士はおそらく初めてであろうダンスを踊る。最後には二人して声を上げて笑っていた。

そうしてドタバタしたダンスを披露したあと、マティルダはフレヤと手に手を取って、こちらに歩み寄ってきた。

また、相手が替わる。

「エリオット殿下」

マティルダが促すように、フレヤの手を握って前に差し出す。

「では、僭越《せんえつ》ながら、僕がお相手を引き受けます」

エリオットは胸に手を当て一礼すると、フレヤの手を取り、大広間の中央へ二人で歩いていった。

二人は曲に合わせて流れるように動き出す。

フレヤはエリオットに顔を向け、眩しそうに目を細めて、口元に笑みを浮かべていた。

パートナーが決まってしまったフレヤは、もうエリオットをダンスに誘うことはないだろう。

フレヤが、エリオットになにごとかを耳打ちしている。エリオットは小さくうなずくと、それに小声でなにかを返していた。

これは、彼らの秘密の会話だ。誰も聞いてはいけない。

私がその様子を眺めていると、隣にラーシュが立ち、ため息交じりに声をかけてきた。

「なにをしでかすのかと、気が気ではありませんでしたよ」

「それは、すまない」

「本当に姫さまは空気を読みませんね」

「そうだな」

「周りを困らせてばかりです」

「それも……、すまない」

「けれどそれに救われる人間もいるんです」

「そうだといいんだが」

エリオットとのダンスを終えたフレヤは、最後に婚約者のフィリップの前に立ち、手を差し出していた。彼もそれに応え、彼女を伴って大広間の中央に向かう。

二人は見つめ合ったあと、柔らかな笑みを浮かべ、そしてお互いを支えるようにしてゆったりと組んだ。

今宵の主役たちは拍手に包まれて、素晴らしいダンスを披露する。

そうしてフレヤの誕生会は、幕を閉じた。

◇

誕生会が終わり、私たちが退場しようとしているとき、フレヤとフィリップはお見送りにとこちらに歩み寄ってきた。

「本日は、本当にありがとうございました」

フィリップがそう礼を述べると、二人は並んで頭を下げる。

「いや、こちらこそ。少々羽目を外してしまって、すまない」

「いいえ、楽しかったです」

フレヤはクスクスと笑いながらそう答える。

その笑顔が本当に愉《たの》しげなものだったので、私は心の中でほっと胸を撫で下ろす。

「どうか、お幸せに」

そう声をかけると、フィリップはフレヤに一度視線を移して、こちらに顔を向けると口角を上げた。

「僕たちが夫婦になるのは、実際はもっと先の話ですから、王女殿下のほうがお先かもしれません」

「そう……かもしれないな」

「ええ、ですから、王女殿下もどうぞお幸せに。僕たちはそれをお手本としていこうと思います」

そう言うと、彼らはまた頭を下げる。顔を上げたとき、二人は爽《さわ》やかな笑みを浮かべていた。もう心配事は吹っ切れたのだと思えるような表情だった。

それから私たちは、ヨンセン伯爵邸をあとにする。

帰りの馬車に揺られながら考えた。

お手本か。

王女たる私の政略結婚は、皆の手本となるべきものなのだ、と私は再認識して、前の座席に座るジュリアンのほうを窺う。

今日のドタバタも、ジュリアンが私のあとを引き継いでくれなければどうにもならなかった。やろうとしていることをすぐさま理解してくれた彼は、私を助けてくれたのだ。

私の視線を受けた彼は、こちらを見上げると、にっこりと微笑んだ。

この少年は、なんて頼りになるのだろう。私も彼に相応《ふさわ》しく成長しなければならない。

ジュリアンの笑顔を見ていた私は、彼とならきっと大丈夫だ、とそう思えたのだった。

◆急転直下

その日も、私はジュリアンを誘って、ラーシュとマルセルを加えた四人でお茶会を開催していた。

少しずつ気温も低くなってきて、山に狩りに入るのも次第に難しくなってくる頃で、その前に国民はなにをしなければならないか、などというマッティアの生活について話をしていたときのことだった。

「エイゼン王国のバイエ侯爵がお見えになりました」

侍女がやってきて、私たちにそう告げた。

私たち四人は顔を見合わせる。事前になにも聞いていない。

「……今？　謁見室だろうか」

「はい、さようでございます」

私の問いに、侍女はうなずく。

「ジュリアン殿下とカリーナ殿下との謁見をご希望とのことです」

「先触れもなしに……」

ジュリアンが呆れたような声音でそうつぶやく。

エイゼン王国のバイエ侯爵といえば、外務卿《がいむきょう》を務めている人物のはずだ。

エイゼンとマッティアに挟まれた国、クラッセでも訪問していたのだろうか。クラッセはエイゼンに匹敵する大国だから、外交で訪れることも多々あるだろう。ついでに第七王子の様子を伺おうとやってきたのかもしれない。

不意打ちでマッティアを訪れたのは、第七王子へのマッティア側の対応を見たいのに、事前準備によって取り繕われると困るからということも考えられる。

いくらでも理由は思いつくが、そもそも大した理由ではない可能性もある。

「すみません、バイエ侯爵が……」

エイゼン側の代表という気持ちからか、ジュリアンがそう謝罪しながら立ち上がる。

「いえ、なにか理由があるのでしょうし」

私も立ち上がり、四人で謁見室に向かうことにする。

今日はちゃんとドレスを着ていてよかった、などと考えた。ジュリアンが入国したときのように乗馬服で迎えたとしたら、やはり失礼に当たるだろう。

ここ最近侍女たちが、『狩りみたいに動くわけではないんですから、お茶会のときくらいはドレスを着ましょう』とやけに勧めてくるので応じたのだが、助かった。

私はマッティアで生まれ育ったから、どうにも大国の礼儀作法というものに疎い。だがこういうことは、今回だけではないだろう。ジュリアンはエイゼン王国の王子なのだから、大国の王子としての振る舞いを求められることが多くあるに違いない。当然、それは私にも要求されるはずだ。

いつまでも甘えていてはいけない、この人の妻になるのだから、隣に並び立つために恥ずかしくないようにしないと、と心の中で気を引き締める。

それに私も、以前ほどドレスを着ることが億劫ではなくなってきている。それはきっと、ジュリアンがいつも褒めてくれるからで……そんな言葉に一喜一憂するのも安直すぎるな、とは思うが、結果的に今回のように助かることもあるならいいか、と考え直す。

謁見室に着くと、そこには父も母もいて、玉座に座っていた。難しい顔をしているのは、やはり急な訪問だからだろう。

玉座から伸びるように敷かれた深紅の絨毯には、バイエ侯爵と思われる人物と従者が玉座のほうを向いて立っている。

しかし、金糸で細やかな刺繍が施された宮廷服を身に着けたうえ、やたら堂々と胸を張っていて、貫禄《かんろく》のある身体つきなだけに一国の王の前での態度とは思えず、父と母が苦々しい表情をしているのはこれが原因かもしれない、などと思った。

「バイエ侯爵」

それを感じ取ったのかジュリアンは眉根を寄せ、早足で侯爵に近寄っていった。

「これはどういうことだ？　先触れもなしに訪問など、失礼……」

「ジュリアン殿下」

しかし侯爵は王子のお叱りの言葉をひったくると、ふいに膝を折った。

「侯爵？」

突然の行動に、ジュリアンは言いかけた言葉を引っ込めて、戸惑うように呼びかける。

すると侯爵は、もったいつけたように口を開いた。

「お迎えに上がりました、ジュリアン殿下。早急にエイゼンへの帰国をお願い申し上げます」

しん、と謁見室が静まり返る。痛いほどの静寂だった。

謁見室には、父や母を始め、私もラーシュもマルセルもいたし、壁際には衛兵が並び、侍女たちだって控えている。

けれど、まるでその場にバイエ侯爵とジュリアンしかいないように思えるほど、他からの音という音が消え去ってしまったように感じられた。

その静寂を打ち破ったのは、ジュリアンの声だった。

「なにかあったのか？」

彼の率直な問いに、侯爵は頭を上げないままに答える。

「謀叛です」

その短い返答に、今度こそジュリアンは固まってしまった。

『なにかあったのか』という問いは、おそらく、そこまでの事態は想定していないものだっただろう。たとえば、誰かが病に倒れただとか、どうしてもジュリアンへの謁見を望む者がいるだとか、そういった答えを彼は予想していたに違いない。

「いえ、謀叛という言葉は、正しくはありませんな」

皮肉めいた声が侯爵から発される。

「あるべき姿に戻ったとでもいいましょうか」

そう言って顔を上げた侯爵は、苦々しげな表情をしていた。

以前、兄と話した。

エイゼンでは第一王子が立太子し、それと同時に第二王子は幽閉されたと。

それは、謀叛の兆しあり、という理由からだと聞いた。

もとより本当に謀叛の兆候があったのか、それとも第二王子が幽閉されたことで、第一王子への周囲の不満が爆発したのか。それは私にはわからない。

今ここにいるバイエ侯爵は、どちら側に付いていたのだろう。彼は以前から外務卿を務めていた。けれど今もその地位は揺らいでいないらしい。ならば完全な中立派か。

先ほどの表情から見て、王太子が誰であろうと国王のもと、自分の仕事をこなすだけだと思っているのだろうか。

「ご説明いたします」

彼は低い声でそう告げる。身体はジュリアンのほうを向いたままで、マッティア側の人間は部外者であると主張しているように感じられた。聞きたければ聞いてもいい、という態度に思える。

「投獄されていた第二王子殿下と、中立かと思われていた第三王子殿下が結託し、今度は第一王子が幽閉されることになりました」

「幽閉……」

「極刑となるかどうかは、これからの話し合い次第かと」

それを聞いて、ジュリアンは息を呑んだ。極刑の可能性があるのだ。彼の兄弟同士の争いは、ここまで激化している。

「急ぎ、国にお戻りください、ジュリアン殿下」

そのとき、ジュリアンの身体が傾いだ。マルセルが慌てて駆け寄り、その身体を両手で支える。

ジュリアンはそれに安心したように息を吐くと、また姿勢を正して口を開く。

「けれど第七王子が帰ったところで、なんの意味があるというんだ？」

その声には、多少の怒りが含まれているように聞こえる。

どちらからも必要とも不必要ともされず、そうして彼はこの国に来たはずだった。

あるいは争いに巻き込まれないよう、この国に逃がされたのではなかったか。

「貴族たちの調整役が必要です。第二王子殿下は、ジュリアン殿下の帰国を望んでおられます」

しかし侯爵は、抑揚のない平淡な声で答えた。

そして続ける。

「三日待ちます。それまでに出立《しゅったつ》の準備を」

「三日っ？」

声を上げたのは、マルセルだった。

「侯爵さま、一言申し上げます。いくらなんでも、ここまでの話のすべてが、あまりにも一方的すぎます！」

侯爵はうるさい虫でも見るような目で、マルセルにゆっくりと視線を移す。

マルセルは怯むことなく、言い募る。

「お願いいたします。どうか、ジュリアン殿下と話し合いを」

「マルセル、弁《わきま》えろ」

けれど、ぴしゃりとマルセルの言葉は遮られた。

「お前はいつの間に、私に直接話しかけられるほど偉くなったんだ？」

そう問われて、マルセルはグッと詰まる。

ジュリアンは心配そうにマルセルを見上げ、そして目が合うと、小さくうなずいた。

彼はそれを見ると下唇を噛み、苦渋に満ちた表情で腰を折る。

「……申し訳ありません、出すぎたことを申しました」

「まったく、真面目だけが取り柄だというのに、毒されおって」

吐き棄てるように、バイエ侯爵は言葉を浴びせた。

「この無礼は許してやる。しかし二度と口を出すな」

「……かしこまりました」

マルセルは顔を上げないままに応える。

私たちから見て、マルセルの意見はもっともなことのように思える。お願いと言いながら、彼の発言は命令でしかなかった。せめて、当事者であるジュリアンが納得できるように話し合いを、というのは別段無理な話でもないはずだし、筋が通っている。

けれど侯爵はそれを切って捨てた。

入国当初、私に直接声をかけるのを渋っていたマルセルの姿が思い出される。

そして謁見室の空気はその頃から、ピリピリと張り詰めつつあった。

バイエ侯爵の態度は、あまりにもマッティアという国を下に見ていた。国王と王妃、そして王女がいるというのに、まったくその目に映っていないかのように振る舞っている。

もちろん父と母は、ただ成り行きを見守るかのように玉座に座ったままだ。

だがそこにいる衛兵や侍女たちは、バイエ侯爵を視線だけで殺せないかと思っているのかと感じるほどに、睨みつけている。

今すぐにでもこの腰に佩《は》いた剣を抜きたい、と背後のラーシュが思っているのが、まるで手に取るかのようにわかった。

私は左手を開いて、腕を彼の前に制するように出す。すると彼が、自身を落ち着かせるように、ほうっと息を吐いた。

侯爵はそれらの視線をものともせず、堂々と立っている。

それから一拍置いて、彼はようやくマッティア国王に視線を向けた。そして泰然《たいぜん》として口を開く。

「貴国には、大変申し訳ないことと存じ上げます。けれど緊急事態です。ジュリアン殿下と、貴国の王女殿下との婚約は、無効にしていただきたい」

彼が言っていることは『お願い』のはずなのに、どう聞いても『命令』にしか聞こえないのはなぜなのか。

いくらエイゼン国内が荒れているとはいえ。

エイゼンとマッティアの国力の差は歴然だ。

マッティアは、自然の要塞に囲まれていて、大した資源も土地もなく、侵略しても得られるものはなにもない国だ。

それでも、攻め入ろうと思えば、できる。その力を持つのが、エイゼンという国。

「仕方ありませんな」

そして父の決定は、我が国では絶対なのだ。

◇

「では、ご準備が整うのをお待ちしております、ジュリアン殿下」

最後にそう言って礼をして、バイエ侯爵が謁見室から退室したあと。

にわかに室内は騒々しくなった。

「なんだ、あれ」

「酷いわ」

「ここがどこだかわかっていないのか」

皆が口々にそう文句を言っている。ひとつひとつの声は小さいが、集まれば大きくなってしまう。

「静まれ！」

それまで黙って彼らを見守っていた父が、突如、声を上げた。

その声に、不平不満を漏らしていた人々もいっせいに口を閉ざす。

「窓も扉も閉まっているな？」

父の確認の言葉に、皆があたりを見回したあと、うなずいた。

「今からこの場で交わされる話を、決して他言しないように。これは、王命だ」

父が発した命令に、その場にいた誰もが、神妙な顔をして首肯した。

父は、呆然と立ちすくむジュリアンに向かって呼びかける。

「ジュリアン殿下」

呼ばれたジュリアンは、ハッとしたように顔を上げ、父のほうに向き直った。

「はい」

「あなたの気持ちをお聞きしたい」

ジュリアンはその言葉に、こくりとうなずいた。

皆黙って、耳を傾けている。

「確かに我が国は、小国です」

父は静かに語り始めた。

「国民の数も、兵力も、エイゼンには遠く及ばない」

ジュリアンは、ただ父の顔を見つめて聞いている。

「けれど、狩りをする国民性であるが故、武器を扱える者は多いのです。カリーナを見てごらんなさい。誰もが秀抜だと認める弓の腕を持っているでしょう」

こちらをチラリと見る、幾人かの視線を感じる。

確かに弓は使える。人に対して使ったことはないが、覚悟さえあればできるだろう。

その覚悟ができるのかどうかが一番難しいのは自明《じめい》の理《り》だ。だが、どうだろう。今の私にならできるのではないか。

「大人も子どもも、戦える。平野での戦いならともかく、マッティアに攻め入ろうとすれば、渓谷が我らを守ってくれる。守るための戦いならば、できるのです」

それを聞いた衛兵たちが、力強くうなずいている。気分が高揚しているのは明らかだった。

ジュリアンはそれを、不安げな瞳で見回している。

「ジュリアン殿下。もしあなたが国に帰りたくないというのならば、我が国は黙ってあなたを送り出すのではなく、もうひとつの選択をすることもできます」

再び、謁見室は静寂に包まれた。

そんな中、すべての者の視線を集めるジュリアンが、ぽつりとつぶやいた。

「おそらく、第一王子の派閥を完全に潰すつもりです」

「殿下……」

彼の言葉を、マルセルが心配そうに聞いている。

「その調整に、私の息がかかった者が必要なんだ。大した数ではないけれど、まったくいないわけではない。私が帰国すれば、解決する話です」

彼は自分の身体の側面で、ぎゅっと両の拳を握った。

「私は、このマッティアを私一人のために、戦火の渦に巻き込みたくはない」

絞り出すような声だった。

「エイゼン王国第七王子、ジュリアンは、帰国いたします。今までマッティア王国の方々から受けた温情に、心からの感謝を申し上げます」

ジュリアンは一礼したあと、こちらをまったく振り返ることなく、マルセルを伴って退室していった。

謁見室にはザワザワとした喧騒《けんそう》が残ったが、父が立ち上がると、それも消えた。

「先ほど命じたように、このことは他言無用だ。早まった行動は慎むよう」

それだけ戒《いまし》めるように告げると、父は背を向けて謁見室を出ていく。母もそれに続いた。

「そりゃ……現実的には、そうかもしれないけど」

「でも、こんな下に見られたままで」

「悔しい……」

納得できない者たちの、不満の言葉がまた充満していく。

私はしばらくそれを聞いていたが、顔を上げると踵を返して駆け出し、父のあとを追った。ラーシュも黙って私に付いてくる。

ゆっくりと廊下を歩いていた父には、すぐに追いついた。

「父上」

「なんだ、カリーナ」

私の呼びかけに、父は振り向く。特に驚いた様子はない。私が追ってくることは想定内だったようだ。

「言わせましたね」

私の非難に、父は小さく息を吐く。

父はジュリアンに選択させた。決断させた。そしてそれを皆の前で言葉にさせた。

「我が国は、血気盛んな者が多いからな」

まるで子どもに言い聞かせるように、父は私に語りかけてきた。

いや、まるで、ではない。聞き分けのない子どもに向かって喋っているのだ。

「バイエ侯爵を襲うなりなんなりする者も出るやもしれぬ」

「それは」

「ジュリアン殿下が帰国を望んでいると周知させる必要があるのだ」

そうなのだろう。だから父はわざと、皆がいる前でジュリアンに問うたのだ。

けれどそれは、間違っても誠実と言える方法ではない。

「選ばないと知っていて……」

「本当に戦えると思うのか？」

その質問を受けて、私は返事に窮する。

戦うことはできる。けれど勝利できるかと問われたら、うなずくことはできない。

父は臆する私に向かって、続けた。

「カリーナ。今一度、問う」

一音一音、丁寧に紡ぐように。

「お前は、マッティアとエイゼン、どちらの国力が上だと思う？」

ジュリアンとの政略結婚の話を聞いたときと、まったく同じ問いを、父が口にする。

「……エイゼンです」

比べるまでもない。

「そういうことだ」

けれど私は、あのときと同じように「わかりました」と返すことはできなかった。

代わりに拳をぎゅっと握る。爪が自分の手のひらに食い込んで、ピリッと痛みが走った。

「あの態度を、許すのですか」

「あの態度？」

「ジュリアンの前でだけ、膝をつきました」

「あれも外交だよ、カリーナ」

腹を立てているような声ではない。言い訳をしているのでもない。

ただ、淡々と、落ち着いて事実を述べる声だった。

「それにしても、敵だらけの部屋の中で、帯剣している衛兵だっていて、あれだけ空気が殺気立っていたのに、よくも堂々と立っていられたものだ。胆力《たんりょく》が半端ではないな」

「感心している場合ですか！」

私は思わず、声を荒らげる。

この激情を、どこに持っていけばいいのかわからない。

「あんな……あんなものが、外交だと？　あんなもの、認めるべきじゃない！」

「ではそうして癇癪を起こして、この事態がどうにかなるとでも思っているのか？」

父は私への詰問《きつもん》を、決して緩めようとはしない。

そして私は、言い返す言葉を持っていなかった。

俯いて黙り込む私に、母が声をかけてくる。

「カリーナ、言いたいことがあるのはわかります。けれど少し、落ち着く必要があると思うわ」

母まで味方をしてくれない。私の中に、そんな子どもじみた、甘ったれた感情が湧き上がる。

そのとき、足音がこちらに近づいてくるのが聞こえて、顔を上げる。兄だった。

「父上」

「ああ、コンラード。聞いたかね」

「もう訪問があるとは。早いですね」

「ああ、ここまで早いとは思わなかったな。甘かった」

つまり、この事態を父も兄も、そして驚いている様子もない母も、知っていたのだろう。

私だけ、なにも知らされていなかった。

父はこちらを振り返り、確認してくる。

「話はそれだけだね？」

そう問うが、返事を待たずに父も母も立ち去っていった。

「カリーナ」

「兄上……」

兄は困ったように眉尻を下げて、私を見つめている。

当然、兄も私に賛同はしないだろう、というのがわかって、口を噤むしかなかった。

「謁見室での話については、聞いたよ」

「そう……ですか」

他言無用とはいえ、王太子である兄には報告がなされたらしい。

「けれど父上は、ジュリアン殿下がどうしてもと望むなら、その覚悟もあったよ」

「嘘だ」

私は間髪を容れずに否定する。

「まあ、そう思うのも無理はないし、信じろとは言えないかな」

苦笑交じりに兄はそう返してきた。

そして顎に手を当ててしばし考え込んだあと、ぽつりと零す。

「こうなることは予想できなかったわけでもないんだが、……間に合わなかったな」

ここのところ、ずっと忙しそうにしていた兄は、私の知らぬところで国のために動いていたのかもしれない。

けれどなにも変わらなかったのだ。小国である我が国がいろいろと策を弄《ろう》したところで、大国を相手にして渡り合うなど無理な話なのだ。

「カリーナが癇癪を起こすなんて、もうここ十年くらい見ていないな」

兄の声には優しさが滲んでいて、ふいに涙が溢れそうになってくる。だから私はきゅっと唇を噛んで、なんとか堪えた。

「さて、私も外交をしてくるとしよう。なにも変わりはしないだろうが」

ひらひらと手を振りながら、兄はバイエ侯爵がいるのであろう貴賓室の方向へと足を向け、立ち去っていった。

◇

結局、なにもできなかった私は、これからどうすればいいのかも、なにひとつ思いつかないまま、自室に戻るしかない。

「本当に勝手な話ですよ」

ラーシュは私の斜め後ろで憤慨しっぱなしだ。

「あっちから申し込んでおいて、都合が悪くなったらさっさと切るなんて！」

ラーシュはたぶん、私の代わりに怒ってくれているのだろう。家族に完全にやり込められて落ち込んでいる私のための、愚痴だ。

おかげで少し、頭が冷えてきた。

よく考えれば、ジュリアン一人のために兵を挙げるなど、現実的ではない。ジュリアンの言う通り、彼が帰国すれば解決する話なのだ。

なにもかも、元に戻るだけ。

ジュリアンとマルセルはエイゼンで生き、そして私は元通り、婚約者などいない王女となる。

「まあ今回は、事情が事情だから」

なぜ私は、ラーシュを宥めるような発言をしているのだろう。つい先ほどまで、ラーシュが言っている通りのことを私も思っていたのに。自分でも訳がわからない。

「マッティアはエイゼンの属国というわけではないんですよ。いくらなんでも横暴すぎます！」

「けれどあちらも、それなりに考慮してくださるという話だし」

「あの、手土産ですか」

ラーシュはぐっと眉根を寄せる。

侯爵は、いくつかの金塊を献上してきたのだ。侯爵についてきた従者が、恭しく掲げる手の中に、それはあった。

『ひとまず、これだけをお持ちしました。後日、この件の片が付けば、貴国にご迷惑をかけたお詫びとして、さらなる支援を行うつもりとの、第二王子殿下のお心遣いの証《あかし》と思っていただければ』

『これですべてを呑み込めと？』

非難するような硬い声を出したのは、母だった。

バイエ侯爵は、鷹揚《おうよう》な声音で続ける。

『我が国との繫がりは、貴国にとっても重要なものであると存じ上げます』

金銭的な援助。同盟国としての立ち位置。

あくまでも、見下してきている。

さすがにこの殺気立つ部屋の中で受け取ることはできないと思ったのか、父はその手土産を固辞した。けれど、彼らが帰国するまでには受け取るのかもしれない、と思う。

そんなことを考えているうち、自室に着いた。

私はラーシュに声をかけようと振り返る。彼は不安げな目をして私を見つめていた。

なんとか薄く笑みを浮かべると、声をかける。

「今日のところは、私はもう休むよ」

「はい。では俺はこちらで待機しておりますので」

「ああ」

ラーシュを部屋の外に残し、私は中に入って扉を閉めると、息を吐く。

いつもと同じようなやり取り。けれどそれが、とてつもなく重く感じられた。

私は寝室へ行き、ベッドの側に歩み寄ると、ドサリとその上に倒れ込んだ。

質素倹約を地でいく部屋。この簡素さが心地よくて目を閉じる。このままずぶずぶと、どこまでも深いところに沈み込んでしまいたい。

私はなんでも一人でやってきたはずだった。

なんでも一人でできると思っていた。

けれど今は、一人ではなにもできない、自分の無力さが憎かった。

◇

翌日、早朝からマティルダが登城してきた。

あの謁見室での会話はともかく、ジュリアンが帰国することだけは、もう貴族たちには知れ渡っていた。彼女も父親から聞いたのだろう。

廊下を歩いていた私を見つけると、マティルダはこちらに全力で駆け寄ってくる。淑女にあるまじき行動だ。

私の前で立ち止まると、彼女は勢い込んで口を開く。

「カリーナ殿下、本当ですの？　本当に、いいんですの？」

縋《すが》るような目をして、私に向かってマティルダが問う。

いいわけがない。

けれど私はそれを口にすることはできない。

「ああ。こんな事態だから、やむを得ないだろう」

「カリーナ殿下……」

彼女は憐れむように、私を見上げてくる。

今の私は、いったいどんな表情をしているのだろう、と思う。

「ジュリアン殿下はどこですの？」

「ああ、今、ジュリアンから、最後のお茶会をしようと貴賓室に呼ばれたところだ。一緒に行こう」

「最後……」

マティルダはぽつりとそう零すと、絶句していた。

しばらくするとハッとしたように、小さく首を横に振る。

「で、では、わたくしは遠慮しますわ」

「いや、ジュリアンだってマティルダに会いたいだろう。さあ行こう」

私はマティルダの背中に手を添えて、半ば無理矢理、一緒に歩き出す。

正直なところ、今、ジュリアンと二人でなにを話せばいいのかわからなかった。だからマティルダがいてくれたほうがありがたい。

「ああ、そうだ。最後になるならエリオットもいたほうがいいだろう。呼んでこよう」

私の言葉を受けて、ラーシュが近くにいた侍女に声をかけている。エリオットもじきにやってくるだろう。

「カリーナ殿下、最後にというなら、お二人のほうが……」

「いや、気にしないでくれ。二日後ということだから、それまでには、また話をする機会もあるだろうから」

「そう、ですか?」

マティルダが不安そうな声を出している。十歳の彼女に気を使わせるだなんて、私はいったいなにをしているのだろう。

少しすると、エリオットのパタパタという足音が聞こえてきた。呼ばれて、慌ててやってきたに違いない。

「姉上」

「ああ、エリオット。急にすまないな。どうせなら皆で集まろうと思って」

「僕も同席していいんですか」

「もちろんいいだろう。ジュリアンだって、皆と話をしたいに決まっている」

「それは、そうかもしれませんけど」

釈然としない様子のマティルダとエリオットを連れて、貴賓室へ向かう。

部屋の扉を開くとジュリアンはこちらを振り返ったが、私が連れている二人の姿を見て、目を見開く。

「マティルダ嬢、エリオット殿下」

「会いたいだろうと思って連れてきました。よかったでしょうか」

「ええ、もちろん。急な話ですから、会えないものと思っていたので嬉しいです」

目を細めて、そう返してくる。取り繕うようなものではなく、心からそう思っているように感じられたので、ホッと息を吐いた。

「どうぞ、座って。最後に会えて、本当によかった」

そのジュリアンの言葉に、マティルダの瞳に涙が盛り上がってくる。

彼女とエリオットは勧められた通り、椅子に腰かけた。

マティルダは、おずおずと口を開く。

「ジュリアン殿下、本当に、帰ってしまいますの？」

そう弱々しい声を出して問うている。

ジュリアンは苦々しい顔をして答えた。

「うん、そうなんだ」

「どうしても？」

「……うん」

その答えを聞いて、マティルダとエリオットは眉を曇らせる。

いくら待っても次の言葉が発されないことを知ると、彼らは震える声で続けた。

「そんなの……嫌ですわ」

「……僕も嫌だよ、お別れなんて」

「私も……、本当は、嫌だ。せっかく友だちになれたのに……。でも……」

言葉に詰まったジュリアンは、そのあと二度と口を開くことはなかった。

エリオットとマティルダと、そしてジュリアンは、三人で向かい合って座ったまま、なにも喋らず、ただボロボロと涙を零した。

なにを考えているのかわからなかったジュリアンも、この国で過ごすうち、感情を表に出すようになったのに。

どうして私たちを取り巻く世界は、こんなにも、ままならないのだろう。

◇

泣いている三人を置いて、私は貴賓室をそっと退室した。

友人たちだけの時間も必要だろう。あの中で、私という存在は、異質だ。

「いいんですか」

扉をパタンと閉めた途端《とたん》、黙ったまま私に従っていたラーシュが、ふいに声をかけてくる。

「なにが」

「元々、姫さまとのお茶会だと聞いていたんですがね」

私は彼をチラリと見やったあと、踵を返して自室のある方向に歩き出す。当然、ラーシュもついてきた。

「また別の機会にするよ。私は城内にいるのだから、明日にでも誘おう」

「帰国準備もあるでしょうから、二人きりの時間を作るのはなかなか難しいと思うんですけどね」

「そんなに長い時間をとるつもりもないから、大丈夫だろう」

「そんなこと言って、話ができなかったらどうするんですか」

「どうするもなにも」

「後悔しないんですか」

「別にそんなに気負わなくとも」

「絶対、後悔しますよ」

「うるさい！」

突然自分の口から飛び出た怒号に、私自身が驚いてしまって、慌てて口を押さえて立ち止まる。合わせてラーシュの足音も止まった。

「あ、いや、すまない。そんなつもりは、えっ、なんで」

戸惑う私に向けて、ラーシュは大きく聞こえるように、ハーッとため息をついた。

「なんでそんな無理しているんですか」

「無理なんか、していない」

「陛下たちに言われたこと、気にしているんですか」

「そういうわけでも……ない、つもりなんだが」

「そうですか」

ラーシュはそれきり、口を閉ざした。

私はなにも取り繕うことができず、ただ頭の中にたくさんの言い訳を浮かべながら、自室へと足を動かすだけだった。

そうして到着した自室の扉の前で振り返ると、私はラーシュに声をかける。

「用があれば呼ぶから、休んでいいぞ」

私はとにかく、一人になりたかった。

膝を抱えて、ただ嵐が通り過ぎるのを待ちたかった。

なにもできない自分を呪いながら、けれど仕方のないことなんだと、自分に言い訳したかった。

そんな私をラーシュはじっと見つめている。

なにもかも見透かしているような目を、初めて、怖いと思った。

「じゃあ」

「姫さま」

だが彼は鋭い声で呼び止めてくる。私は諦めて振り返った。

「なんだ？」

「姫さまは、最初はまだ十歳の婚約者に、驚いたって言っていましたよね。マティルダ嬢に」

「あ、ああ」

「今回のことで、結局、元に戻ることになったんですよね」

「……ああ」

「つまり、もう年の離れた幼い男の子と、結婚しなくてもよくなったってことでしょ」

「そう……だな」

けれど一緒に過ごすうち、そんなことは次第に気にならなくなっていった。

むしろ、本当に十歳なのかと疑問に思うほどになった。

彼の言動にどぎまぎして振り回されて、心臓があり得ない動きをしているような気分になった。

自分のほうが八歳年上だなんて、信じられないくらいだ。

「じゃあどうして、そんなに泣きそうなんですか」

「泣きそう？」

「泣きそうです」

私は自分の頬に手を当てて滑らせる。

そうか、ずっと泣きそうな顔をしているのか。だから皆、私を憐れむように見つめるのか。

いつだって、無表情でなにを考えているのかわからないと言われてきたのに、今は誰にでもわかるような、泣きそうな表情をしているのか。

私はいつの間に、変わってしまったのだろう。

そうだ、いつか思った。ジュリアンが私の世界を変えつつあるのではないかと。

私の世界は、とうに変わってしまっていたのだ。

私の心は、彼に近づきたいと願うようになった。

彼が笑うと私も嬉しくなった。

どんなときでも一緒に笑い合いたいと思うようになった。

いつまでも目を逸らしていても仕方ない。認めるしかないのだ。

きっとこれは、恋と呼ぶものなのだろう。

けれど今、それに気付いたところでなにになるというのか。

むしろ、気付かないほうがよかったのではないのか。

どうして、始まってしまったのか。

きゅっと唇を引き結ぶ。本当に涙が眦《まなじり》から落ちそうになっている。それはいけない。それは、ダメだ。

「じゃあ」

私はくるりと身を翻すと、急いで自室のドアを開ける。

早く一人にならなければ。

素早く室内に身を滑らせてドアを閉めようとしたが、それは叶わなかった。

ラーシュが腕を伸ばしてドアに手をかけ、閉めようとする私の邪魔をする。力勝負で敵うわけがない。

彼は黙ったまま一歩を踏み出し、戸惑う私ごと、入室してきた。

「なにを……！」

ラーシュはそのまま私を部屋の中に押し込むと、後ろ手にドアを閉める。

いくら騎士とはいえ、私の許可なしに私室に入るなど、許されることではない。

「なんのつもりだ、ラーシュ」

私はバクバクと鳴る心臓の音が聞かれないようにと、彼を睨みつけて、精一杯凄んでみせた。

しかしラーシュはまるで意に介していないかのように、軽い声で答える。

「襲おうと思って」

「……は？」

「俺、やろうと思えばいつでもできるし」

「ふざけるな」

「ふざけてませんけど」

表情から笑みを消し去って、そう返してくる。

彼は軽く腕を広げ、私に向かって一歩、足を動かす。

けれど私の身体は硬直してしまい、ただ彼のすることを眺めていることしかできなかった。

次の瞬間には私の視界は彼の胸でいっぱいになってしまって、そのままそこに顔を押しつけられる。

ラーシュはぎゅっと私を抱く腕に力を込めてきた。たぶん、身をよじって逃げようとしても、そこから逃れることはできないのではないか。

それなのに、どこか優しいその抱擁《ほうよう》のせいで、私の心から恐怖心は、風に流される雲のように取り除かれていった。

「ラーシュ？」

呼びかけると彼は腕から力を抜き、身体を離して私の両肩に手を置くと、こちらを覗き込むように見つめてくる。

私はただ、瞬きを繰り返して、彼を見つめ返した。

すると彼の唇が動き始める。

「……やっぱり」

「え？」

「こんなことされても、あんまり表情が動かないんですよ」

そう指摘して、パッと両手を身体の横で開いてみせた。

「姫さまの表情を変えるのは、ジュリアン殿下だけなんですよね。姫さまだって、これでわかったでしょ」

「言いたいことは……それだけか？」

「はい、そうですよ。だから本気にしないでくださいね」

おどけたようにそう返してくる。

違う。それは、嘘だ。

ようやくわかった。

その確信は、すとんと胸の中に落ちてきた。

私を包むように抱き締める腕が、私の頭を抱えるように押さえる大きな手が、私を抱きとめる厚い胸が、彼の心を叫んでいた。

私はどれだけ、この優しい騎士を傷つけてきたのだろう。

自分の都合のいい型に、嵌《は》め続けてきたのだろう。

最低だ。私は本当に、無神経だ。

急に足に力が入らなくなって、私はその場に、ぺたりと座り込む。

「えっ」

ラーシュの戸惑う声が頭上に残される。

俯いて瞬きをすると、パタパタと床の上に水滴が落ちた。

「うう――……」

私はそのまま我慢することなく、嗚咽《おえつ》とともに涙を零す。

「あっ、す、すみません、姫さま。怖かったですよね、すみません。俺、つい、腹が立ってしまって」

あわあわとする声が聞こえてくる。

「怖いんじゃ……ない……」

「……じゃあ、なんです?」

「情けない……」

私はもしかしたら、この十八年間ずっと、見たいものしか見ていなかったのではないだろうか。

本質を、人の心の深い部分を、見ようとしたことはあるのだろうか。

こんなに近くにいて、ずっと一緒で、長い時間をともに過ごした。それなのに彼の気持ちをなにひとつ理解していなかったのは、間違いなく私のせいだ。

蓋をしてきた自分の心から溢れ出てくる涙が止まらない。

「そんなに泣かないでくだ……あ、いや、泣いておきましょうか」

ラーシュは諦めたようなため息をつくと、そのまま床にあぐらを掻いて座り込んだ。

そしてただ見守るために、そこにいることを決めたようだった。

「すみません……」

ぼそりとした謝罪の言葉に、私はブンブンと首を横に振る。

「姫さまが泣いてるの、初めて見ました」

私はなにも返すことができずに、しゃがみ込んだまま泣き続けた。

けれど思考はぐるぐると巡る。

ジュリアンだって、八歳も年上なのに、こんな無神経で、一人ではなにもできない女とは、結婚なんてしたくなかっただろう。

この国で楽しそうに過ごしていたし、友人だってできたけれど、母国に帰ればそれもいい思い出に変わっていくのだろう。

私だけが現実を受け入れられず、世界から取り残されていく。

そのことが、とてつもなく、悲しかった。

◇

ひとしきり泣いて、なんとか顔を上げると、ラーシュは私を見て噴き出した。

「酷い顔」

「……そうか？」

慌てて袖口で頬を拭《ぬぐ》う。

ラーシュはごそごそとハンカチを取り出すと、それを広げて私の顔に押しつけた。

「ちょっ」

「はい、チーン」

子どもか。いや子どもだった。

なので私は遠慮なく、そのままラーシュのハンカチで、鼻をかんだ。

「うわっ、本当に……」

「洗って返す」

「いやまあ、いいんですけど」

私はハンカチをラーシュの手から取って畳むと、座っている自分の横に置く。

そうして二人で床に座り込んで、しばらく黙っていると、ぽつりとラーシュが話しかけてきた。

「すみません、なんか、頭に来ちゃって」

「いや、悪いのは私だ」

「いえ……」

「ラーシュ。……ありがとう」

私がそう口にすると、ラーシュはぼそりと返してくる。

「……なんに対する礼ですか」

「なんだろうな」

彼が口にしないなら、私も口にしないほうがいいのだろう。

そしてまた静寂が訪れる。気まずいこと、この上ない。

黙っていることに耐えられなくなって、私はもごもごと小声で沈黙を破る。

「その……、私は……」

「はい」

「ジュリアンとなにを話せばいいのかわからなくて……避けてしまった」

「そうなんでしょうね」

わかってますよ、とでも言いたげな返事が返ってくる。

ラーシュは私を覗き込み、言い聞かせるような声を発する。

「あのね、姫さま。少なくともあの王子さまは、話をしようとしているんですよ。だから、聞いたほうがいいと思います」

「話……」

けれどそれは結局のところ、決別の対話なのではないか。

そう思うと、きゅっと胸が押さえつけられるような感覚がした。

わざわざ聞かなくてもいいのではないか、という弱い心が頭をもたげてくる。

そんな私を見透かしたのか、ラーシュはさらに言葉を重ねてきた。

「きっと、伝えたいことがあるんですよ」

「伝えたい……」

「伝えられるっていうのは、幸せなことなんじゃないですか。伝えたくとも伝えられない想いだってあるんだから」

ラーシュはあぐらを掻いた足の上で手を組んで、親指を弄びながら、そんなことを口にした。

「……ああ」

私の口からは弱々しい声しか出てこない。

彼は続ける。

「あと思ったのは、国に帰ればなんでもあるんだから、三日も待つ必要はない気がするんですよね。あのいけ好かない侯爵だって、ちゃんとケリをつけろって意味で、三日間をくれたんじゃないかな」

私はその推測に、パッと顔を上げてしまった。

「まさか」

「さあ、本当のところはわかりません」

ラーシュは肩をすくめてそう答えた。

「とにかく、ちゃんと二人で話し合ったほうがいいと思います」

「そう……だな」

さんざん泣いたからなのかどうなのか、少しずつ頭の中が整理されてきたような気がする。

「話し合わないと……いけないな」

「そうですよ」

「でも、重荷になることを言ってしまいそうで、少し怖い」

往生際《おうじょうぎわ》悪くそんな不安を口にすると、ラーシュは大きくため息をついた。

「別にいいじゃないですか、なに言ったたって」

「でも」

訳もなく床に人差し指で、意味のない文字のようなものを繰り返し書いてしまう。

それを眺めていたラーシュは、頬杖をつくと、口を開いた。

「姫さま。俺は前々から言ってますけど」

「あ、ああ」

「そうやってなんでも呑み込む癖、やめたほうがいいと思います」

そう言うと、彼はニッと笑った。

◇

いずれにせよ、私はこの恋を、終わらせなければならない。

知らぬ間にとはいえ、始まってしまったのだから。

◇

翌朝、朝餉の席ででも時間を作ってもらえるように交渉しよう、と思っていたのだが、私は食堂に行けなかった。

「うわっ、なんですか、その顔」

迎えに来たラーシュが、私が扉を開けるなり驚いた声を上げて、サッと身を引いたのだ。

「目が……痛い」

私はそう零すと、右の手のひらで目を押さえた。

「泣きすぎましたね」

「こんなことになるのか……」

ため息交じりにそう言って落胆すると、ラーシュは苦笑しながら返してきた。

「侍女を呼びますか。化粧でどうにか……」

「嫌だ」

「なんで」

「恥ずかしい」

私の返事を聞くと、ラーシュは思いっ切り眉根を寄せた。

「なにが」

「泣きすぎたなんて、さすがに他の人間に知られたくない」

「そんなこと言ってる場合ですか。明日には出立ですよ」

「それに、化粧でどこまでごまかせるかも、わからないし」

「めんどくさ」

「なにか言ったか？」

「いーえー、なんにも」

空々しい返しをするラーシュを睨みつけるが、この顔では迫力もないらしい。特に堪《こた》えた様子もなく、あっけらかんと訊いてくる。

「それで？　どうするんです」

「昼餉までにはなんとかする……」

と答えてしまったので、なんとかしようと濡らした手拭いを目元に当てて大人しくしていたら、どうにか見られる顔になった。

なので緊張しながら昼餉の席に着いたのだが、なんとジュリアンは来なかった。

「昼餉はバイエ侯爵と取るそうだよ」

呆然としていると、兄がそう教えてくれた。

「そ、そうですか」

「姉上、やっぱりお茶会は二人のほうがよかったんじゃないですか？」

心配そうにエリオットが尋ねてくる。

「い、いや、大丈夫だ」

私は慌てて胸の前で手を振った。

これはいけない。マティルダやエリオットに気にするなと言ったからには、気にさせないようにしなければ。

私は動揺が伝わらないようにとなんとか平静を装う。そして昼餉が終わると、その足でジュリアンの部屋に向かった。

しかしちょうど荷物の搬出を行っていたらしく、遠目にも部屋の前がごった返しているのが見えて、私はくるりと身を翻す。

「姫さま？」

「これはちょっと……あとにしよう」

スタスタと歩きながらそう言うと、ラーシュは呆れたように返してくる。

「ちょっと時間が空くかどうか訊けばいいだけの話じゃないですか」

「いやでも、今はご迷惑だろう」

「まあ……そうかもしれませんけど」

ところがジュリアンは、夕餉の席にも着かなかった。

蒼白になる私を見て、ラーシュは半目で呆れ顔だ。

「ほらあ」

「うるさい」

「ほらあー！」

「う、うるさいぞ」

なんだかんだで逃げ回っていたツケが回ってきた私を、ラーシュは容赦なく非難してくる。

私はコソコソと逃げるように自室に入り、書き物机の前に座ってため息をつく。

ジュリアンは明日には出立する。しかし明日のいつ頃なのだろう。長旅になるのだから、明るいうちに動けるようにと、早朝から出る可能性は高い。

とすると、もう今晩しかないと考えないといけない。

これはもう、押しかけるしかないのではないか。

というか、元々、昨日のお茶会に誘ってくれたのはジュリアンのほうだ。そこから再度の誘いがないということは、彼は呆れ返ってしまって、もういい、と思っているのではないのか。

だとしたら、本当に迷惑でしかない、ということで……。

と、そこまで頭の中でぐるぐると考えたところで。

『絶対、後悔しますよ』というラーシュの言葉が蘇《よみがえ》った。

それは、嫌だ。後悔は、したくない。

もし迷惑がられたら、そのときは引こう。

そう決心すると、私は立ち上がり、部屋の扉のノブに手をかける。

こっそりと開けて外を覗くと、少し離れたところにラーシュが壁にもたれかかって立っていた。

しかし、こちらはまったく見ていない。音は聞こえたはずなのに、振り返ろうともしていない。

「い、行ってくる」

ぼそりとそう宣言すると、やっぱりこちらは見ないまま、ひらひらと手を振った。これは一応、見ないふりというのをしてくれているのかもしれない。

私はギクシャクした足取りで、ジュリアンの部屋に向かって、歩を進める。

廊下を歩いている間、侍女や衛兵と何度かすれ違ったが、特になにも思われなかったのか会釈を受けるだけだった。

そうしてジュリアンの部屋まで、なんの障害もなくたどり着いてしまう。さすがにもう夜も更けているからか、あたりは静かになっていた。

静かな部屋の前で、ウロウロとしてみる。

何度かノックをしようと腕を上げたが、どうにも勇気が出なくて、そのたびにまた腕を下ろした。

そういえば、ノックをしようとしたのを、止められたことがあったのだっけ。

しなければならないところでせずに、してはならないところでしようとする。

情けないにもほどがある、とため息をついて、意を決して扉を叩いた。

しばらく黙って突っ立っていると、中から人の気配がして、思わず一歩、後ずさる。

「なんでございましょう」

くぐもったマルセルの声が応える。

「あの、遅くにすまない。えと、ジュリアンに取り次ぎしてもらえるだろうか」

しどろもどろになりながら伝えると、扉が開いて、マルセルが顔を覗かせる。

「カリーナ殿下」

「あ、あの」

ここまで来ていながら、ふと、本当によかったのだろうか、という不安が湧いてくる。

これはもしかしたら、一番あり得ないことをしてしまったのではないのか。こんな夜更けに男性の部屋を訪ねるなんて。

以前、ジュリアンは私の部屋に入るのを固辞した。婚姻前に女性の部屋には入れない、と。夜にカードゲームをしたときだって、彼は貴賓室を使った。やはりそれも私を気遣ったものだろう。

なのに私ときたら、自分からやってきてしまった。しかももう、婚約者でもなんでもないのに。

次の言葉を発することができない私をしばらく見つめていたマルセルは、柔らかな笑みを浮かべると、大きく扉を開いた。

「どうぞ、お入りください。私は外で控えておりますので」

「えっ」

「お待ちしておりました」

「えっ」

マルセルは廊下に出てくると、部屋の中を、手のひらで指す。

そのままずっとその体勢でいるので、私はおずおずと中に足を踏み入れた。

「カリーナ」

中にいたジュリアンが、ソファから立ち上がり、こちらに歩み寄ってくる。

それを見届けたマルセルは一礼すると、口元に笑みを浮かべながら、静かに扉を閉めた。

これで、二人きりになってしまった。閉まる扉を見つめてしまっていた私は、恐る恐る振り返る。

ジュリアンは目を瞬かせて、なにも言わずにこちらを見つめていた。

「す、すみません。こんな夜更けに。その……本当はお茶会に誘おうと思っていたのですが、気がついたらこんな時間になってしまって、えと」

なぜか私は言葉を詰まらせながら、言い訳ばかりをズラズラと並べてしまった。

すると小さく噴き出したジュリアンは、ソファを手のひらで指した。

「どうぞ、座ってください」

「就寝……するところでしたか？」

部屋の中はランプが灯っていたし、それまで彼はソファに腰かけていたが、寝衣を身に着けている。

「いえ、眠れませんし。それに、馬車の中では暇ですから、眠くなれば移動中に寝ますよ」

「あ……そう、ですね」

移動の馬車の中。エイゼンに帰国するための。

なんだか息をするのが苦しくなって、私は胸に手を当てて、息を深く吸い込む。

そうして、促されるまま三人掛けのソファに腰を下ろした。

するとジュリアンは、なぜか私の隣にやってくる。

「なんっ」

なんで。目の前に、一人掛けのソファが、テーブルを挟んで二台あるのに。

身体を引く私に向かって、ジュリアンは人差し指を口元に当てると、小さな声で語りかけてきた。

「もう夜も遅いですから。大きな声を出さないように、隣に来ました」

「あ、ああ、なるほど」

確かにテーブルを間に置くと、ある程度の声量が出るだろう。

そういうことなら、と私は姿勢を正して座り直す。

「その……少し、話をしておきたくて。迷惑ではないですか？」

すると彼は、ふるふると首を横に振った。

「いいえ、来てくれてよかったです。昨日のお茶会には参加してくださいませんでしたし」

多少、皮肉めいた口調だった。

だから私は慌てて弁解をしてしまう。

「あ、いや、それはちょうど、マティルダに会ったから」

「ええ、マティルダ嬢にもエリオット殿下にも会いたかったので、それはとても嬉しかったんですけど、カリーナは立ち去ってしまったから」

しょんぼり、といった感じで、ジュリアンは肩を落とした。

「友人たちだけのほうがいいかと思ったんですが」

「そうかもしれませんけど、もしかしたら、私と話をしたくないのかと思って」

そうしてこちらを見上げてくる。

「避けられているような気がして、あまり無理強いするのもよくないかと思っていました」

だから、再度のお誘いもなかったし、昼餉も夕餉も遠慮したのだ。

ここまで来て、言い訳するのも変な話だろう。

「実は、なにを話していいのかわからなくて、逃げ回っていました」

「なるほど？　けれどやってきたということは、なにか話がある？」

そう疑問を口にして、小首を傾げてくる。

先ほどから芝居がかっている感じがするのは、気のせいなのか。どうにも誘導されているような気がして仕方ない。

「でも、先にお茶会に誘ってくれたのはジュリアンでは」

「そうですよ」

「だったらジュリアンこそ、なにか言いたいことが、あるのでは」

主導権を握られてはたまらない、と私はそう話を振る。

すると彼はわざとらしく顎に手を当てて、うーんと考え込んだ。

なんだなんだ。

「でも、こちらが話をする前に、カリーナは逃げてしまったんですよね？」

「まあ……そうなります」

「でしたらやっぱり、カリーナから話をするのが筋だと思いますよ？」

そう返してきて、にっこりと笑う。最初の頃のような作った笑顔だ。

これはひょっとすると、怒っているのではないだろうか。

実際のところ、怒らせるようなことをしでかしたわけだし、ここは折れるべきかもしれない。

「ええと……」

「はい」

私が口を開くと、ジュリアンはこちらをじっと見つめてくる。

私は一度、大きく息を吸い込むと、話し始めた。

「あの……。やっぱり最後に、きちんとお別れをしないといけないと思ったんです」

「お別れ」

そうおうむ返しにすると、ジュリアンはパッと俯いて黙り込む。

「明日は、いつ出立するのでしょうか」

「……早朝に、とは言われています」

やっぱり。

本当に、なにも伝えられないまま、お別れになってしまう可能性もあったのだ。

よかった。最後に会えて、本当によかった。

「今まで、ありがとうございました」

そう礼を述べるが、ジュリアンは下を向いたまま、なにも答えない。

「本当に楽しく過ごせました。出会えてよかったと思っています」

やはり沈黙は続く。苦しいけれど、言わなければ。後悔のないように。

「エイゼンでも、元気で。どうか、幸せに」

私のことは忘れてもいい。彼が母国で幸せに暮らせるのならば。その願いを込めて、言葉を紡ぐ。

しかし返ってきたのは、ぼそりとした、冷えた声だった。

「……本当に？」

「え？」

「本当に、エイゼンに帰って、私が幸せになれると思いますか？」

その問いに、私はグッと詰まる。

返事に躊躇している私に向かって、ジュリアンはパッと顔を上げた。その瞳には光るものが浮かんでいた。

心臓が、痛い。

「……エイゼンでも幸せになって欲しいと、願っています」

心とは裏腹な言葉を舌に乗せると、ジュリアンはこちらに身を乗り出してきた。

「私は、そんな言葉を聞きたいんじゃない！」

大声を出さないように、と言ったのに、彼は耳が痛くなるほどの声で訴えてきた。

「なんでそんなことを言うんだ、なんで！」

エイゼンに帰って、それで幸せになれるかと問われると、すぐにうなずくことはできない。

いつも彼は、都合よく振り回されている。マッティアにやってきたときも、そして帰国する今も。

この国にやってきてすぐの頃、彼は常に笑顔を顔に貼りつけていた。なにごともそつなくこなしていたし、誰とでも上手く付き合っていた。

なぜかと言えば、かの国ではそうでないと生きられなかったからだ。

十歳という年齢に見合う生き方ができなかったからだ。

きっと彼は、この国で暮らしていくほうが幸せだろう。

けれど私では、彼を今のこの状況から救い出すことはできない。悲しいくらいに、私は無力だ。

「カリーナ、お願いだから、ちゃんと本心を聞かせて欲しい」

縋るような目と声で、そう訴えてくる。

「本当に、このままお別れしてもいいと思う？　もう婚約者でなくなってもいいと？」

よくない。そんなことは、まったく望んでいない。

だが今の私に、なにを語ることができるだろう。私にはなにもできないと、つい二日前に思い知ったばかりだ。

伝えたい、とは思った。けれど今の私の気持ちは、『伝えたくても伝えられない想い』ではないのか。

無責任なことは、言えない。

「……エイゼンに戻ったら、きっと素敵なご令嬢もたくさんいることでしょう」

ああ、本当だ。よくわかった。

「……カリーナはそれでいいと？」

「それは、もちろん。だって私たちは、元々、年も離れていますし」

人は、本当の気持ちを言えなくて、嘘をついてしまうときがあるのだ。

「結婚相手としてはどうかと、前々から疑問に思っていました」

私の声は、みっともなく震えていたし、強張ってもいた。

それから、痛いほどの静寂がやってくる。

いたたまれない。やっぱりここに来るべきではなかったのではないか。きっと無駄に傷つけてしまっている。

膝の上で拳を握って、早くこの時間が終わってくれないかと願っていると、小さなため息が聞こえてきた。

それから彼は、ボソボソと問いかけてくる。

「それが、カリーナの本心なんですね？」

「実は、そうなんです」

「こんな十歳の男の子なんて、そりゃあ嫌ですよね。なのに嫌々付き合わせてしまって……」

消え入りそうな声を出され、これは傷つけすぎたのでは、と慌てて言い繕う。

「え、嫌々、じゃないです。本当に」

けれど彼は俯いて、床に視線を落としたままだ。

「先ほどの楽しかったというのも、嘘だったんだ……」

「い、いや、そこは嘘じゃなくて」

「そこは？　じゃあどこが嘘なんですか」

「いや、その……」

どうして上手く言えないのだろう。ちゃんと終わらせられないのだろう。

私がそうして頭の中でいろんな言葉を取捨選択しながら、口を開けたり閉じたりしていると。

ふと、小さな笑い声が聞こえてきた。

「え……」

「残念だけれど、カリーナは嘘をつき慣れていないから、わかりやすいんです」

泣き笑いの表情で、彼はそう返してきた。そして続ける。

「誰も聞いていません。だから、今度こそ、本心を聞かせて」

どうやら見透かされていたらしい。やっぱり彼は、幼い男の子なんかじゃない。

けれど本当に、これを口にしてもいいのか。

伝えたい。それは間違いない。

でもそれは、彼にとって、重荷になることではないのか。

本当に私の想いを伝えてもいいのか。

その判断ができなくて、私は膝の上でぎゅっと手を握る。

その手に、小さな手が乗せられた。

このわずかな期間に、多少、狩りで鍛《きた》えられて硬くなってきていた、ジュリアンの手が。

「カリーナ」

呼びかけられて、顔を上げる。

「言って」

その声に誘われるように、私の口は動き始める。

「私……」

「うん」

「私は、ジュリアンに」

「うん」

「初めての、恋をしました」

それから二人で見つめ合ったまま、しばしの沈黙が流れ。

ボッと一気に、顔が熱くなった。じんわりと額に汗を搔いている。

今、私はものすごく恥ずかしい発言をしたのではないのか。なぜあんな言葉を口走ってしまったのか。

いや、けれどおかげで私は、ちゃんと『終わらせる』ことができる。曖昧で綺麗な言葉でごまかしたところで、終わりにはできない。

ならばこれでいいのだ。いいはずだ。

とはいえ、恥ずかしいものは恥ずかしい。なにかもっと、いい言葉があったのではないか。

一人、頭を抱えて羞恥に身悶《みもだ》えていると、隣から笑い声がする。

恨めし気な目でそちらを見やると、ジュリアンは口元に手をやって、肩を揺らしていた。

「笑わなくても……」

確かに恥ずかしい告白ではあったけれど、それは酷いと思う。

彼は口の端を上げて、こちらに顔を向けた。

「すみません、安心してしまって」

「安心？」

「どうしても、聞きたかった。じゃないと、決心できない」

「決心？」

いったい、なんの話だろう。私は首を傾げることしかできない。

すると彼は、笑いを引っ込めて、こちらに問うてくる。

「聞いてくれますか」

その真摯《しんし》な表情からして、これから彼の、『伝えたいこと』が語られるとわかる。

私が背筋を伸ばして、こくりとうなずくと、彼はゆっくりと言葉を紡ぎだした。

◆約束をしました

「最初からの話をすると」

「はい」

「この国に来てすぐの頃、カリーナは私と『家族になる』と言ったんです」

言った。彼が泣いている声を聞いて、立ち去って、そして次にジュリアンが私の部屋を訪ねてくれた、そのときに。

あのとき、彼はどんな表情をしていただろうか。思い出せない。

「私はそのとき、『家族』だなんて、薄ら寒い言葉を使う人だと思いました」

「薄ら寒い……」

血の気が引く。まさかそんなことを考えていただなんて、思いもよらなかった。

ジュリアンは続ける。

「母上はすでに亡くなっていたし、父上にもほとんど会うことはなくて。でも、兄弟はたくさんいる。だから私には家族がいると思っていました。血が繋がっているのだから、きっといつかわかり合えるだろうと思って、積極的に交流だってしようとしました。兄弟たちは優しかった。だから家族だと、きっと向こうだってそう思っていると信じていました。なのに、結局のところ、私は駒《こま》でしかなかった。今も」

彼は膝の上で、ぎゅっと拳を握る。その手は、わずかに震えていた。言葉尻も荒い。

「だからカリーナが『家族』と口にすることに、イラつきました。どうせ同じなんだって。でも」

そして彼は顔を上げる。表情に輝きが戻ってきているような気がした。

「この国の人たちは、血なんて繋がっていないのに、家族として扱ってくれました。欲しくて欲しくて、でも手に入らなかったものが、この国にはありました」

マルセルが言っていた。『きっと、エイゼン王国にはなかったものが、この国にはあったのでしょう』と。

まさしく、その通りだったのか。ジュリアンを慕う彼にだけは見えていたのだろう。

「そうして過ごしていたら、カリーナはいつでも本当のことしか言わないんだと知りました。それは態度からも伝わってきました。あの言葉は真実だったんだと、それがどれだけ嬉しかったか、この心の中を見せたいくらいです」

すると彼はまた腕を伸ばしてきて、そして私の手を握った。

「私にはカリーナが必要なんです」

縋るような、声。

「誰にも渡したくない。ラーシュにだって」

ふいに出てきた名前に息を呑む。

私が見ようともしなかったことを、彼は正面から受け止めていたのだ。

「カリーナを失ったら、私はたぶん、生きてはいけない。だから」

握る手に、さらに力がこもる。

「何年かかろうとも、必ず、帰ってきます」

きっぱりとした声で告げられる。

私はただ、その新緑色の瞳を見つめた。

「だから、待っていて欲しい」

その言葉に偽りはない。それが感じられる。

これは、彼の本気だ。

国と国との関係だとか、エイゼンでの彼の政治的立場だとか、そういう障害はすべて薙《な》ぎ払ってくるという、宣言だ。

ジュリアンなら、やれるのかもしれない。

けれどその間、私の時間は止まってはくれないのだ。

「でも、何年もかかると、私はもっと年を取ります」

そうして、彼に似合う、美しくて年の近い令嬢が現れるのかもしれない。ジュリアンはその女性に心惹かれるのかもしれない。

そのとき私の存在が彼の枷《かせ》になるのは……きっと、耐えられない。

私の返事に、ジュリアンは黙って私の顔を見つめたあと。

小さく噴き出した。

「ああ、それはそうですね」

「そうですよ」

「でも逆を言えば、そのときは私も、もう少し頼りがいのある大人の男になっていますよ」

「そうですね」

「八歳年上の女性を娶っても、包み込めるくらいの男です」

「そうですか」

「だから、それを信じて待っていて欲しい」

頭の中がグラグラと揺れている気がする。熱に浮かされているみたいだ。

これを受け入れてもいいのか、と私の弱い心が囁いている。彼の激情は、今だけのものではないのか、と疑っている。

「では、期待せずに待っていますから、もしも他に好きな人ができたときには、遠慮なく捨ててくださいね」

それを聞いたジュリアンは、しばしの間、言葉を失ったあとに、大きなため息をついた。

「まったく、カリーナは」

呆れたように返してくる。

「こんなときでも、無神経です」

「すみません」

反射的に謝ってしまった。

「そういうときには、ただ、『お待ちしています』と言えばいいんです」

「なるほど」

つまりもう、腹を括るしかない。彼の懇願に抵抗できるわけがない。

初めて恋をしてしまったのだから。

私は、彼を、信じて待つ。

だから私はそれを伝える。

「お待ちしています、ジュリアン」

「はい」

「必ず戻ってきてください」

「はい」

「必ずです」

「はい」

「でないと私は一生、独り身です」

そう付け加えると、彼は目を細める。

「つまりそれは、他の男に目移りしないという意味？」

私はその質問に、深くうなずく。

二回目の恋は、私には想像がつかなかった。

「では、私も」

ジュリアンは私の手を、祈るように両手で包み込む。

「誓います。生涯、カリーナだけを想うと」

それから彼は、ソファの上に膝立ちになると、突然私の顔に顔を寄せてきた。

なにをしようとしているのか私が気付く前に、彼は素早く、唇に唇を重ねた。

触れるだけのその口づけは、私の顔に一気に熱を集める。

「えっ、うそっ、なにっ」

動揺しすぎて、なにがなんだかわからなくて、思わず飛び退《ずさ》るように離れて、そして手を突いたところにはソファはなかった。

「わっ、わっ！」

落ちる、と思った瞬間に、サッと腕が伸びてきて私の二の腕が掴まれる。

ぐい、と引っ張られると私の身体は浮き上がった。

バタバタと腕を暴れさせてなんとか背もたれを掴み落ち着くと、ソファに埋もれるような格好になって、呆然とジュリアンの顔を見つめてしまう。

私と違い、彼は、平然と余裕のある笑みを口元に浮かべていた。

もう何度も思ったことを、そのときも思う。

目の前のこの少年は、本当に十歳なんだろうか？

すると、ははは、と彼は声を上げて笑い出した。

「カリーナでも、そんな顔をするんですね」

「そんな顔っ？」

「変な顔」

「だっ……だって」

こんなに突然に口づけされて、冷静でいられるわけがない。たとえ無表情と言われ続けた私であっても、それは無理な相談だ。

ジュリアンは私の顔を覗き込むようにして、口を開いた。

「忘れないでくださいね。約束ですよ。何年かかるかわかりませんが、なるべく急ぎますので、待っていてください」

そして、そう念押ししてくる。

私は、とにかくコクコクとうなずくことしかできなかった。

こんなことをされて、忘れられるはずがないのだから。

◇年下王子の胸の内　～愛しているから～

エイゼンに向かう馬車の中では、私とマルセルが並んで座り、そして前の座席に向かい合うようにバイエ侯爵が座っていた。

侯爵は私の前で目を伏せたまま、口を開こうとしない。そんな彼の顔を眺めながら考える。

カリーナと将来を約束したからには、絶対にやり遂げなければならない。

となると、味方が必要だ。

貴族たちの調整がどうのとはいうが、私になんの影響力があるというのか、甚だ疑問でもある。そんな力のない私の帰国を望むということは、第二王子は完勝を目指していると目《もく》してはいるのだが、それも推測でしかない。私のいない間にエイゼンの勢力図がどう変わったのかすら、私にはわからない。

幸い、エイゼンまでの道のりは長く、時間はたっぷりあるのだ。まずは目の前の侯爵から懐柔《かいじゅう》するべきだろう。何度か食事をともにして言葉は交わしたが、お互い、当たり障りのないことしか話していない。

「バイエ侯爵」

呼びかけると彼は顔を上げて、こちらを見据える。思いがけず強い視線に少々たじろいでしまうが、なんとか顔に微笑を浮かべた。

「腹を割って話さないか？」

私の提案に、侯爵は片方の口の端を上げた。

「私めに答えられることであれば、お答えしましょう」

もの心ついた頃から知っている人物だが、事、仕事の話となると、簡潔に伝えることを好む。『要らぬ言葉は省け』と部下たちを叱責する姿を何度見たかわからない。実は無駄を極端に嫌っている人間なのだ。この場は、さっさと主題に入るが吉だ。まずは彼を味方に付けなければならないのだから。

「私がマッティアに帰るためには、なにをすればいい？」

侯爵はその質問に、片眉を上げた。

目の端に、マルセルが驚いたように身を引いたのが映ったが、そちらは構わず、じっと侯爵を見つめる。

「これはこれは。私を賄賂《わいろ》を望む人間と思われているので？」

「まさか」

愉快そうに茶化す言葉を、きっぱりと否定する。彼は自分の中の正義に基づいて動いている。それに私は、彼に賄賂として渡せるような財産など持ち合わせていない。

「一度はエイゼンに帰国するが、なるべく早く、マッティアに帰りたい。そのために、エイゼンでどう動けばいいのか、それを訊いている」

「ほう」

わざとらしく感心したような声を上げたあと、しげしげと私のほうを眺めてくる。そして少ししてから、口を開いた。

「それに協力することによって、私に利がありますかな？」

「知るか。そんなもの、自分で考えろ」

そもそも私は、今回の急な話には怒っているのだ。侯爵の利益など二の次だ。利が欲しいというならば、どちらにとっても利になるよう立ち回ればいい。そこは彼の腕の見せ所ではないのか。

そしておそらく、彼はこういった物言いのほうが、動くのだ。

バイエ侯爵は顎に手を当てて、ふむ、と考え込む。

「実は私も、今回のことには思うところがありまして。……国家存続の危機にもなり得ると考えております」

国家存続。そこまで。

隣で黙って話を聞いているマルセルが、息を呑んだ気配があった。

「だから必要以上に、マッティアに対して高圧的だった？」

「否定はしません」

しれっとそう返してくる。

「そういう状況ですから、ジュリアン殿下に協力することも、そして私に協力していただくことも、やぶさかではございません」

「そうか。では協定成立だ」

「御意《ぎょい》」

侯爵はそう答えて、胸に手を当てて頭を下げた。

どこまで信じていいかはわからないが、今の私には手駒が少ない。信じるしかない。

「ジュリアン殿下は、敵を作らない生き方をなさっておられましたから、保守的な考えの貴族たちを味方につけるのも可能かと思います。彼らは、瑕疵《かし》を嫌う」

「そうか」

「私が殿下の後見人となりましょう。いくらかはお力になれるかと」

話が早い。つまりは元々、想定内だったのだろう。私が言い出さなければ、彼からなんらかの働きかけがあったのかもしれない。踊らされたと思うと癪に障るが、この際、手段は問わない。

「そのあたりは好きにしろ。私はマッティアに帰ればそれでいい。そのためなら、最大限の努力をしよう」

するとバイエ侯爵は肩を揺らして忍び笑いを漏らした。

「なんだ」

「いやはや、この短期間に、ずいぶんと変わられました」

「そうか？」

「はい、不躾ながら、そのようにお見受けします。以前はもっと、流されるままに生きておられた。十歳という年齢では致し方ないことではありますが」

「ふうん」

となると、私を変えたのは、あの渓谷に囲まれた国なのだろう。

必ず帰る。カリーナのいるところに。

「もしもっと早くお生まれになっておられたら、話は簡単だったのですが」

侯爵は、ため息交じりにそんなことを愚痴る。

「どういう意味だ？」

「もし上位の王子であったなら、王太子への擁立《ようりつ》も考えたのですがね。いや実に、惜しい」

その返事に、苦笑が漏れる。なかなか不遜《ふそん》なことを口にするではないか。自分が動けば王太子の変更ですら可能だ、という意味だ。そして、本当に『腹を割った』との意思表示だろう。

「褒め言葉として受け取っておこう」

「そうしていただけると」

「では忠義を信じることにする」

「ありがたき幸せ」

どうやら話はまとまった。もちろん無条件に信じるのは危ういが、それは今後考えていけばいいことだ。

もしもっと早くお生まれになっておられたら、か。

それは私自身、何度も考えたことだった。八年とは言わない、もし、せめてあと五、六年ほど早く生まれていたら、年齢的なことも含めてきっとカリーナに釣り合う男になれただろうに。

でもそうしたら、そもそもマッティアとの政略結婚の話は出てこなかったのかもしれない。

なんとも難しい問題だ。

「しかし、殿下の故郷はもうマッティアになってしまわれたのですなあ」

「え？」

ふいにかけられた思いもよらぬ言葉に、顔を上げる。

「おや、気付いておられませんか。ずっと『マッティアに帰る』と発言しておられますよ」

侯爵は目を細めてこちらを見ていた。

マルセルのほうを振り返ると、彼も温かな目をしていて、そしてうなずいた。

「そ、そうか……」

そう言われると、確かに。

二人に、ニヤニヤとするような、そんな目で見られて無性に恥ずかしい。なんだか頬が熱くなってきた。

しかしそれだけでは収まらず、追撃があった。

「殿下を変えられたのは、あの、美姫《びき》ですかな？」

楽し気な声でそう尋ねてくる。これはもう、絶対からかうつもりだ。まだまだ道は長いのだ。こんなのがエイゼンに到着するまで続くだなんて耐えられない。

この際、開き直ってしまおう。

「そうだ。カリーナのところに帰りたいんだ。彼女を愛しているから」

どうだ、言ってやったぞ、とバイエ侯爵のほうに顔を向けると、彼は目を丸くしてこちらを見つめていた。

「まさか殿下の口からそのような言葉を聞くことになるとは……。年を取るはずですな……」

なぜか彼のほうが顔を赤くしてしまっている。

どうやら、逆にものすごく恥ずかしいことになってしまったらしい。

私は、エイゼンまで耐えられるのだろうか。

◆手紙を受け取りました

ジュリアンがエイゼンに帰国してしまった直後。

私は数日、熱を出して寝込んでしまった。医師は、疲れが一気に出たのでしょう、と診断したので、とにかく私はベッドで横になっていた。

「姉上、大丈夫ですか？」

お見舞いに来てくれたエリオットが心配そうに私を覗き込みながら、そう訊いてくる。可愛い。

「大丈夫だ、ありがとう」

「ここのところ、いろんなことがありましたもんね。ゆっくり休んでください。疲れが出ても仕方ないです」

疲れ、というか、正直なところ、心当たりはあるのだ。

あれだ。ジュリアンが帰国する前日の出来事が原因だ。

あのときのことを思い出すと、ボッと頭に熱が集まってくる気がする。そして顔が赤くなっているだけかと思ったら、いつの間にか熱まで出ているのだ。

いやそんな、発熱するほどのことではないだろう、ちゃんと考えてみよう、と思い返してみる。あの夜、いろんなことを話して、そして、く……口づけを……。

とそこまで考えて、慌ててうつぶせになると、バンバンと何度も枕を叩いた。

「あ、姉上？」

「い、いや、なんでもない」

なんという挙動不審。熱に浮かされているとしても酷い。

しかしあのときのことを考えると、どうしても暴れたくなってしまうのだ。いい加減、落ち着かなければ。

家族と侍女以外は、寝ている私の部屋には入れない。だからラーシュが心配しているということで、このときの私の様子をエリオットが伝えたらしいのだが、彼は思いっ切り眉根を寄せてこう返してきたそうだ。

『熱を出したのは、知恵熱みたいなもんですね。心配して損した』

そしてすぐさま踵を返したらしい。

エリオットは意味がわからなかったのか、小首を傾げて「どういうことでしょう？」と私に尋ねてくる。

それを聞いた私は蒼白になる。熱が出ているときに血の気が引くとは、相殺されていい感じになるのでは、とバカなことを思いつつ、考えを巡らせる。

まさか、知られているのだろうか。誰かに聞いたとか？　あのとき実はあとをつけてきていたとか？　いやそれでも、室内は確かに二人きりだったし、その後、ジュリアンが明かしたりしない限りは知られないはずなのだが。

そんなことをぐるぐると考えているうち、また一気に熱が上がった。しかし翌日には熱は下がった。

もしかしたら本当に相殺されたのかもしれない。

熱が下がったとはいえ、身体は弱っている。けれどそれも、数日すると落ち着いた。普通に食事もできるようになったので、家族との食事もようやく再開された。

そして久々に食堂から出た私を出迎えてくれたのは、ラーシュだった。

「もう、大丈夫そうですね」

「ああ、ありがとう」

起き上がれるようになっても、まだ自室と食堂の行き来くらいしかしないから、ラーシュを呼び立てる必要もないかと思って声をかけていなかったのだが、彼がこうして側にいると、もう通常に戻ったのだな、という実感が湧いてくる。

「すぐに教えてくださいよ」

多少、不機嫌そうにそう訴えられる。突っ立っているのもなんなので、私は自室に向かって歩き出した。ラーシュもそのあとをついてくる。

「いや、まだ人に会うわけでもなし、狩りに出るわけでもなし、わざわざ呼ぶほどのこともないかと思って」

「おかげで俺、コンラード殿下にこき使われました」

「え、本当か?」

思わず立ち止まって振り返る。ラーシュは軽く肩をすくめて答えた。

「『暇なら鹿と猪を狩ってくれ』って。ほら、コンラード殿下は今、クラッセに行っているでしょう」

「ああ」

今日の食卓にも兄はいなかった。私が寝込んでいる間にも外交が忙しいのか、城内にはほとんどいなかったらしい。

「だから毎日、王家の山に入ってましたよ」

「そうか。じゃあ私も、そろそろ復帰しよう」

「大丈夫なんですか？」

「動かないと、身体がなまって仕方ない」

「無理はしないでくださいよ」

「わかっている」

そんなふうに会話しながらラーシュの顔を眺めていたが、あまりにも普段通りで逆に不安になる。

これは、私が鈍いのか、それともラーシュが隠すのが上手いのか、どうにも判断がつかない。

だからこの際、はっきり訊いてしまおう、と口を開く。

「ラーシュ」

「はい？」

「嫌なら言え。解雇してやるから」

「俺を職なしにしないで！」

慌てたように、そう返してきた。

「そ、そうか」

しかしラーシュはしばらく口を閉ざしたあと、ボソリと発した。

「……姫さまのほうこそ、嫌じゃないんですか」

「え？　まさか」

「本当に？」

なぜか念押しされてしまった。私の言葉のままを信じているらしいラーシュが、どうやら疑っているようだ。

「ああ。ラーシュ以外は考えたこともないな。想像もつかない」

「それはまた、光栄なことで」

そう返してきて、口元に笑みを浮かべた。そして続ける。

「それなら、騎士の理想通り、主人が死ぬまでお仕えしますよ」

「そうか」

彼がそれでいいのなら、今しばらくはこのままでいよう。

けれど、もしもこの先、彼が自分の人生を違うところで歩みたいと選択するのなら、快く解放できればいい、と思った。

◇

兄が頻繁に外遊に出るようになってから、王家所有の山の管理に手が回らなくなってきたらしい。

山から下りた鹿や猪が畑を荒らしたかと思えば、豪雪で冬を越せなかった鹿の死体がたくさん出たりする。私たちは自然と共存して生きなければならないのだから、管理がいき届かず、動物たちがいなくなってしまうのは困るのだ。

「これからは、私が管理します」

十九歳になったとき、私はそう家族に宣言した。

「夜会の出席も、自分で決めます」

心配はされたが、いつまでも兄に頼ってはいられない。

それにきっと、ジュリアンだってエイゼンでがんばっているのだ。私だけ、のうのうと過ごすのは違う気がしたし、ただ待っているだけでは、再会したときに愛想を尽かされてしまうかもしれない。

そうして私の仕事が増え、忙しく毎日を過ごしたが、ときどき、本当ならそこにいたはずの人がいないことに気付いて、ため息をついてしまう。

だから私は手紙を書いた。何度も書いた。もちろんエイゼンにいるジュリアン宛てだ。

けれど、いくら待っても返事はなかった。

「きっと、本人のところまで届いていないのでしょう」

なにかの書状を携えた早馬が王城にやってくるたび、すべてを確認しては肩を落とす私に、母はそう慰めの言葉をかけてくる。

つまり、エイゼンの内部はまだ落ち着いていないのだ。

私はそう自分に言い聞かせる。

もしかしたらエイゼン王国の考えとしては、私とジュリアンの関係などなかったことにしようとしているのか、とか。そうしているうち、ジュリアンはもう私のことなど忘れたのかもしれない、とか。

私の書く手紙は、届いているけれどジュリアン自身が捨てているのでは、とか。

毎日毎日、嫌なことを考えては打ち消す、という作業が日課になってしまっていた。

◇

外遊に出かけている兄がどこに行っているかといえば、ほとんどは隣国クラッセだった。

どうやら兄は、クラッセとの国交をより強くすることに尽力しているらしい。間に合わなかった、というのはこのことのようだ。

政略結婚を重ねて生き残ってきた我が国は、もちろんクラッセとの血縁もあるのだが、あまりにも前のことすぎて、もう遠い昔の話になりつつあった。

「やっぱり、あまりの国力の差は、脅威でしかないからね。できればエイゼンと我が国に挟まれているクラッセとは、友好関係を築きたいところだよ。前々から接触は図っていたんだけれど、ようやくあちらの王家の方々と親密になってきたというところかな」

その中でも特に、末姫との親交を深めているらしい。

兄曰《いわ》く、「もちろん外交」ということだそうだ。

しかし、ずいぶん年下の姫君に、きりきり舞いをさせられている兄は少し見ものである。

「ぜんっぜんわからない！」

と手紙に向かって叫んでいるのを聞いたときには、兄でもそんな声が出せるのかと驚いた。

ついでに、なにがわからないのかもわからない。

「もう知るか！」

と頭を抱えながらの叫びも聞いた。ちょっと心配になってくる。

「大丈夫なんだろうか。そんなに気に入らないのに、本当に友好関係は築けるんだろうか。お相手の姫君が気の毒になってくる」

私もクラッセに出向いたときに、お会いしたことがある。可憐で朗らかな少女だった。ゆくゆくは結婚、と両王家で話は進んでいるらしいのだが、兄の叫びを聞くと、頓挫《とんざ》したほうがお互いのため、という気がする。

私の懸念に、ラーシュはひらひらと手を振った。

「いやあれ、外交がどうとか、言い訳ですよ。実際は、コンラード殿下のほうがベタ惚れなんだと思います」

「えっ、あれで？」

「ついでに言うと、お相手の姫君は、あたふたしているコンラード殿下を見て楽しんでいるんじゃないですかね」

「ええ？　まさか」

「姫さま……さすがにそろそろ、そういうの、わかったほうがいいと思います」

「そうか……」

私は少々反省して、しゅんと肩を落とす。

そうか、二人はいい関係を築いているのだ、と喜ぶ気持ちは確かにある。

けれど、姫君の手紙を読んでは頭を抱え、そして何度も書き直しては確認し、ようやく封をした返事を侍女に預ける兄が、羨ましくて目を逸らしたくなるときもあるのだ。

◇

ある日、狩りから戻ったら、侍女が一人、私の部屋の前でウロウロしながら待っていた。

「どうした？」

声をかけると彼女は顔を上げ、私の姿を認めると表情を綻ばせ、こちらに駆け足でやってくる。

「姫さま、こちらを」

彼女はトレイを両手で持って、それを恭しく私の前に差し出した。

黒いトレイの上には、白い封書が乗っていた。赤い封蠟《ふうろう》が目に入る。剣の意匠。

私は息を呑んで、その場に突っ立ったまま、それをじっと見つめた。

「ジュリアン殿下からですよ。まだ開封しておりません。エイゼンから直接、郵便人が届けたそうですので、間違いなく殿下からです」

弾んだ声で侍女は私にそう報告する。確かに、封蠟にはエイゼン王家の剣の印璽《いんじ》が押されているし、ジュリアンの署名もある。

「でも……」

私はぽつりと疑問を呈する。

「字が、違う……気がする」

確かにその署名は、ジュリアンの書いていた文字にとてもよく似ていた。でも、似ているだけで、ジュリアンが書いたものだとは確信できない。

「まあまあ、姫さま」

けれど侍女は、くすりと笑った。

「あれから三年、経ったのですもの。大人の文字になってきたということですわ」

「な、なるほど……」

「さあどうぞ。お茶も中に用意いたしましたから、お一人でゆっくりと読まれてくださいな。誰も入ってこないよう、見張っておきますからね」

矢継ぎ早にそう告げると侍女はトレイを押し付けてきて、半ば無理矢理手紙を手に取らせると、自室の中に私を押し込んで扉を閉めた。

確かに、書き物机の上には湯気を上げているカップが置いてあった。私が帰ってくる時間を見計らってくれたのだろう。やはり彼女たちは気が利く。

でも私は手紙を手に持って眺めたまま、扉の前からなかなか動けなかった。

開封はしていない、と侍女は言った。つまり、中身はまだ誰も知らないのだ。この手紙の内容が、本当に喜んでいいものなのかどうか、誰にもわからない。

ごくり、と喉が鳴った。

私は手紙を持ったまま、部屋の中を一人でぐるぐると意味もなく歩き回る。

あんなに待ちわびていたくせに、開けて読む勇気が湧かない。怖い。でもいつまでもこうしていても仕方ない。

どれくらい経ったのだろうか、紅茶の湯気もほとんど見えなくなった頃、私はようやく書き物机の前の椅子に腰を下ろした。そして覚悟を決め、ペーパーナイフを取り出すと、そうっと封を開ける。

便箋には、署名と同じ、少し大人になった文字がいっぱいに綴《つづ》られていた。

胸が締めつけられて、なにかが溢れ出てきそうになって、私は慌てて口元を手で押さえる。そして怖々と、手紙に目を通していく。

手紙は謝罪の言葉から始まっていた。一瞬だけ、もう待たなくていいと続けられているのかと血の気が引いたが、それは私の手紙が届いていなかったことへの謝罪だった。

母が慰めてくれた通り、私からの手紙はジュリアンのもとには届いていなかったらしい。どうやら新たに王太子となった第二王子は、ジュリアンとどなたかを結婚させたかったようだ。それを知ったときは怒り狂ってみせたのだと、どこか誇らしげに書かれていた。

私はホッと安堵の息を吐く。そういうこともあり得るだろうと思ってはいても、やはりもし他の女性と結ばれることになったのなら、きっと平気ではいられなかった。

そして手紙が届くように尽力してくれたのは、ジュリアンが言うところによると、バイエ侯爵だというから驚きだ。

『彼はあれで、実は優しいんですよ』とジュリアンが書いていて、その横に一筆、『いつぞやは失礼いたしました』と違う人間の字が添えられていた。まさかジュリアンに書かされているということはあるまい。侯爵が自らの意志で添えてくれたに違いない。

ということは、ラーシュが言った、『三日間をくれた』というのも的外れでもなかったのだろう。

『愛するカリーナへ』という一文で締められた手紙を読み終えた私は、目を閉じ、三年前の日々に思いを馳せる。

あの日、私たちは二人で将来を誓い合った。そのことは輝かしい宝物のような記憶ではあるけれど、二人の間の約束でしかない。

信じようと決めてはいても、やはりなんの交わりもなく、ずっと待ち続けるのはつらかった。

やっと手紙が届いて彼を感じることができたという事実は、この上ない安心感を私にもたらした。

少し大人の字になっても、やはりジュリアンはジュリアンで、まだ待ち続けてもいいのだと思うと、鼻の奥がツンとしてくる。

慌てて手紙を机の端に追いやる。濡れてしまってはいけない。

「うー……」

部屋の外に嗚咽が漏れないようにと、私は机上に突っ伏した。

そして、次回から私も、『愛するジュリアンへ』と書こう、と思ったのだった。

◇

ヨンセン家とオークランス家の事業は、ますます発展を遂げている。

その報告のために、フレヤとフィリップもよく登城するようになった。

今日も二人は、仲よさそうに並んでいた。フレヤももう十五歳だ。そろそろ、婚約者から夫婦になる、との報告も聞けるのかもしれない。

私が帰り際の二人に声をかけると、彼らは私に向かって頭を下げる。そして顔を上げたときに、フレヤは笑みを浮かべた。

「先ほど王妃殿下から伺いました。エリオット殿下のご婚約も整うそうですね。おめでとうございます」

彼女から、そう祝いの言葉をかけられる。

「ああ、ありがとう」

「お相手が心配ですけどね」

クスッと笑ってフレヤがいたずらっぽい声を出す。

そのお相手とは、マティルダである。

婚約話をルンデバリ侯爵家に持っていったとき、彼女は戸惑いながらも、美しく淑女の礼をして応えた。

『畏れ多い話ではございますが、この上なく光栄に思います。謹《つつし》んでお受けしたいと存じます』

人は、変わるものである。

今は十五歳となったマティルダは、とても淑《しと》やかで慎み深く、そして美しい少女である。

『だいぶ大人しくなってしまって、ちょっと寂しいくらいだよ』とエリオットは苦笑交じりに言っていた。あの十歳の頃のマティルダのことも、彼は気に入っていたらしい。

そうして私の周辺はどんどん変わっていく。

けれど私だけは、世界から切り離されたように、なにも変わらずただひたすら待ち続けている。

◇

ある日の夕餉時、兄が柔らかな笑みを浮かべ、私に向かって口を開いた。

「どうやらエイゼン国内も、落ち着いたようだよ」

「本当ですか」

「ああ。クラッセのほうでもそういう認識だから、間違いない」

ジュリアンからの手紙には、もう少しかかるけれど待っていて、と書かれていたのが最後だ。どうしても実際と手紙ではズレが出てきてしまうのだろう。

兄曰く、「考え得る限り、最速の秩序の回復」とのことだそうだ。

「きっと、誰とでもそつなく交渉できる誰かが、いろいろと画策したんだろうね。血が流れずにいたのは幸いだった。おかげで平定も早かったし安定したよ」

なにをどうやったのか私の頭では想像もつかないが、あれだけ荒れていたエイゼン王城も、王太子である第二王子を中心として落ち着いているそうだ。

かつて王太子であった第一王子やその派閥は僻地《へきち》への降下とはなったが、極刑よりはかなりマシだろう。どうやらそこが、今回のゴタゴタの着地点となったようだ。

とはいえ、要らぬ内乱でいくばくかの国力は削がれた。エイゼン王国としては他国との関係も考えねばならない。特に国力が拮抗《きっこう》していた隣国クラッセとの関係悪化を危惧するエイゼンは、他国との繋がりの強化に舵《かじ》を切った。

兄がクラッセとの縁談を進めていることもあり、エイゼンから我が国に、『第七王子との政略結婚』の申し出がやってきた。

謁見室にて、バイエ侯爵から親書を受け取った父は、中身を確認すると彼に告げる。

「ぜひにということなら、お受けするのもいいでしょう」

バイエ侯爵はいつかの無作法を取り返すかのように深く頭を下げ、その返事をすぐさまエイゼンに持って帰った。

我が国では父の言葉は絶対なので、そうして再びの政略結婚の運びとなったのだ。

ジュリアンは約束通り、マッティアに帰ってくる。
あれから六年経った。私は二十四歳になり、そして彼は十六歳になっての再会になる。
ほんの少しの恐怖心とともに、私はその日を迎える。

◆弓音響く王国で、八歳年下の王子さまと政略結婚することになりました

私はサジェの街まで出迎えに行く。

最初にジュリアンが入国したときと同じように。

王城を出るときに、本人が出迎えに行くべきか行かないべきか、父と母でひと悶着《もんちゃく》あったが、私は変わっていないという証明をするような気分で、結局、出迎えることにした。

しばらく不安な気持ちとともに待っていると、にわかに街道の向こうが騒がしくなってきた。

ラーシュは目の上に手をかざして、遠くを見やる。

「おっ、ご到着みたいですね」

「ああ」

私は馬から降り、国境検問所の砦の脇に立った。

「さあ、並ぼう」

私が振り返ってそう声をかけると、その場にいたマッティアの衛兵たちは下馬し、十人ずつ、両脇に等間隔できちんと並ぶ。

そのとき、強烈な既視感《きしかん》に襲われた。

同じだ。初めて会った日と同じことが繰り返されている。

あれから本当に六年経ったのか。もしかしたら、あの日に戻ったのではないのか。そんな妙な感覚に包まれる。

砦をくぐり、マッティアに入国してきた黒い馬車。エイゼン王国の剣の意匠の紋章が入った馬車。

同じ馬車ではないかもしれないが、あのときの馬車との違いは私にはわからなかった。

私の心臓は、バクバクと高く脈打ち始める。

馬から降りて待つ私の前に、馬車は停まる。

それを眺めることしかできない私の前で、扉が開いた。

まず、こげ茶の髪をした青年が降りてくる。マルセルだ。少し痩せたかもしれない。苦労したのかも。

そんなことを考えていたら、彼はこちらを見て、ほっとしたように柔らかく笑みを浮かべると、頭を下げた。

「王女殿下、御自らのお出迎えに感謝いたします」

どうやら、同じ失態は繰り返さないらしい。やはりあのときとは違うのだ。なんだか可笑しくなって、つい小さく笑ってしまった。

「長の旅、お疲れさまでございました」

私がそう答えると、マルセルは馬車の中に呼びかける。

「殿下」

すると、中で人影が動いたのが目に入った。

彼が、降りてくる。

金色に輝く、癖のある短い巻き毛。新緑色の瞳。

そしてこちらに顔を向け、彼は微笑んだ。

「カリーナ」

いくぶん、低くなった声で呼びかけられて、私は硬直してしまう。

そして。

「お」

思わず、大声を上げてしまった。

「大きくなったなあー！」

彼の身長は、私を追い抜いてしまっていた。

それに身長も伸びたが、体躯もがっちりして、胸板も厚くなっている。

いや六年経てば、もちろん成長しているだろうとは思っていたが、もうすっかり青年ではないか。

元々、幼さがあまりない顔つきをしてはいたが、外見は間違いなく少年であった。けれどもう、立派な青年としか言いようがない。

私が驚きのあまり、開いた口が塞がらなくなってしまっていると、背後からラーシュの声がした。

「姫さま……それは、久しぶりに会った親戚の子どもに対する反応だと思います……」

「そ、そうか？」

「さすがの俺も、可哀想に思えてきた……」

ラーシュは両手で顔を覆ってしまっている。周りにいた皆も、気の毒そうな目でこちらを眺めていた。

ジュリアンは、俯いて肩を震わせている。

けれど堪え切れなくなったのか、声を上げて、お腹を抱えて笑い出した。

「カ……カリーナ、まさか、そん、な……反応、だとは……」

まともに喋れぬほどに、笑い続けている。

どう考えても、笑いすぎだと思う。

「ええーと、乗り換えの馬車は……」

さすがに気まずくなったのか、マルセルが怖々と尋ねてきた。

「あ、ああ、こちらに」

私が手のひらで我が国の馬車を差すと、目尻から出てくる涙を指で拭いながら、ジュリアンはそちらに歩き出す。

「今回は、カリーナも同乗して欲しい」

笑いを含んだ声でジュリアンがそう言うので、私はうなずく。

先に乗り込んだ彼は、こちらに手を差し出してきて、私の手を握ると引っ張り上げてくれた。

力強い彼の誘導によって、私は座席に座る。手も大きくなったし、力だって強くなったのだ、と思うと、どぎまぎしてしまう。

そうしていると、マルセルが外から馬車の扉を閉めようとしているのが目に入った。私は慌てて声をかける。

「あ、マルセルは」

「カリーナ殿下は馬で来られたのでしょう？　私はそちらを借りようかと。どなたかが二頭、連れ帰るのは大変かと思いますし」

彼はにっこりと笑ってそう返してきた。

「そうだね、それがいい」

ジュリアンが口を挟んできて、うんうんと何度もうなずいている。

「あ、そ、そうか。では頼む」

「かしこまりました」

そうして扉が閉められると、ジュリアンは私の横に座る。しばらくすると、ゆるゆると馬車は動き出した。

二人きりになった気まずさを感じながら、なにから話せばいいのかと考えていると、またジュリアンはお腹を抱えて笑い始めた。やっぱり、いくらなんでも笑いすぎだ。

六年経っても、そこは変わらなかったらしい。

落ち着くまで待とう、と笑い続ける横顔を眺めていると、じわじわと不思議な感覚が訪れてきた。

本当にこれは、六年ぶりの再会なのだろうか。

手紙で交流を重ねてきたからだろうか。姿形が変わるほどの時を、離れて過ごしてきたはずなのに、私たちはずっと寄り添って生きていたような気がしてくる。

そんなことを考えているうち、胸の内がぽっと温かくなってきて、どこか張り詰めていた身体から、力が抜ける。

そう感慨深く考えている間も、ジュリアンはまだ笑い続けていた。これは、なんの会話もしないまま王城に到着してしまうのでは、と心配になってくる。

「いや……さすがにそこまで大きくなっているとは思っていなくて……手紙だとわからないし……」

ボソボソと言い訳じみたことを口にすると、ジュリアンはとりあえず笑うのを止め、こちらに顔を向けて口を開く。

「かっこよくなった？」

「なった」

素直にうなずく私を見ると、彼は目を細めた。

なんだか気恥ずかしくなって、私は俯いてしまう。

彼はかっこよくなったが、私はどうだろう。

フレヤとマティルダに美容のアレコレを訊いて、手入れは怠《おこた》らないようにはしてきたのだが、野山を駆け回るせいで、日に焼けることも多い。

がっかりされていないだろうか。

私は不安を胸に、ぽつりと問いかける。

「私も、変わったか？」

さすがに六年の歳月は、私の姿も変えただろう。

「いや」

ジュリアンは、緩く首を横に振る。

「カリーナはいつだって、綺麗だ」

彼は私に腕を伸ばしてきて、手を握る。あの頃より大きくなった手は、けれど変わらず、優しく包み込むようだ。

すると彼は顔をこちらに近づけてくる。

私は目を閉じて応える。

唇が触れた瞬間、私は、あの日の誓いがまだ守られていたことを、その温《ぬく》もりから感じ取った。

きっとこの先も、その誓いは破られないのだろうと、私は彼の腕の中で、確信めいた気持ちを抱いたのだった。

番外編①

妹と私

◆妹と私

マッティア王国第一王子である私には、妹が一人いる。

彼女と初めて出会ったのは、彼女がこの世に生を受けてから、丸一日経ったときのことだった。

天蓋《てんがい》から吊るされたレースと、柵に囲まれた小さなベッドに寝かされた彼女は、フニャフニャとした頼りなげな存在で、そのとき私は、なにか得体の知れないモノがやってきた、と感じていたような気がする。

「コンラードの妹ですよ。カリーナという名前なの。可愛がってあげてね」

私に話しかける母はベッドに横たわったままで、唇に色がない代わりに目が真っ赤に充血しており、いついかなるときでも美しく着飾り背筋を伸ばした母とは違う存在に見えた。

ついでに言うと、父も母の側から離れようとせず、母の手を握ってずっと泣いていた。

まだ四歳の子どもであった私がその光景を見て、とんでもないことが起きようとしている、と戦慄《せんりつ》してしまったのも無理からぬことではないだろうか。

しかし一ヶ月もすると、母もいつもの顔に戻っていき、得体の知れないモノは人間の姿に近づいていった。

その頃ようやく私は、その子が妹で、守るべき存在なのだと認識したように覚えている。

「まあまあ、殿下。またいらしたのですか。どうぞお入りになってくださいませ」

カリーナの周りにはいつも何人かの侍女がいて、私が彼女の様子を見に行くと快く迎えてくれた。

寝ているこどもあったし、大声で泣いていることもあったし、笑っていることもあったし、母に抱かれて「あー」となにかよくわからない声を発しているときもあった。

毎日違う顔をしていて、見ているのが楽しかった。どんどん人間らしくなっていく妹に会いに行くことが、私の日課となったことは仕方のないことだろう。

「お父さまですよー」

「お母さまですよー」

父と母は眩しそうに目を細め、カリーナにそう何度も呼びかけている。どうやらそう呼んで欲しいらしい。

そしてある日、カリーナは「かー」と発声した。それが初めて母を呼んだということになった。そのときの母のはしゃぎようといったら、ただごとではなかったと思う。

ちょっと羨ましかった。だから私も事あるごとに、「お兄さまですよ」と呼びかけてはみたのだが、なかなか「にー」とは口にせず、歯痒い思いをした。時を経て、舌足らずな声で「にーさま」と呼ばれたときには、心から安堵したものだ。

しかしだ。いろんな言葉を喋り出した妹は、父と母を「お父さま」「お母さま」とは呼ばず、「父上」「母上」と呼びだした。

「あらまあ、コンラードの真似をしてしまったのね」

仕方ないか、というように、母は頬に手を当ててそう零した。

私は嬉しかった。呼ばれたのは家族の中で最後だったけれど、私が妹に影響を与えたのだ。妹の中で私の存在というものは、きっと大きなものなのだ。

それからもすくすくと成長し、歩き出した妹は、私のあとを付いてくることもあった。侍女たちが危ないからと抱き上げて止めると、わあわあと泣き喚《わめ》くのだ。

「カリーナ、ダメだよ。大人しく皆の言うことを聞かないと」

そう言い聞かせると、しゃくり上げながらコクンとうなずく。可愛い。

けれど幼い頃のカリーナはわがまま放題で、言い聞かせたところで聞いているのかも疑わしいほどに、我を通していたと思う。もちろん子どもだから仕方ない面もあるだろうが、私を始め、父も母も、そして侍女たちも、全力で甘やかしていたせいだろう。

といっても、心根が優しいからなのか、道から外れたことはしようとしなかったから、まずいとも思わなかった。

たとえば。私が八歳になり、そろそろ狩りを始めようと父について山に入るようになると、ついていきたいと泣きながら足をバタバタさせたり、とか。

「兄上と一緒がいいー！」

と、着ているドレスを脱いで、私が着用しているような乗馬服を身に着けたがったり、とか。

私たち家族から見れば微笑ましいが、侍女たちは困り果てていたので、山は危険だからともかくとして、乗馬服くらいはいいだろうと用意した。

さすがに狩りは、まだ四歳のカリーナには無理だ。山に一緒に入るだけでも、当分先になるだろう。

「危ないから、もっと大きくなってからだよ」

何度言い聞かせても、やっぱり私が出るときには泣き喚く。正直に言えば、なんでも私の真似をしようとするカリーナが愛しかった。そのせいで、強く説教することなどできなかった。

だからあの事件が起きてしまったのは、私のせいとも言える。

◇

その日も私はカリーナの泣き声を背に山に出かけた。

自分で言うのもなんだが私は要領がよかったので、父に教えられることをどんどん吸収していき、それがまた楽しく思えて、頻繁に山に入るようになった。

そのときもキジを一羽仕留め、意気揚々と城に戻る。

ところが、だ。城に帰った途端、蒼白な顔色をした侍女が、父に向けてガバッと腰を折った。

「申し訳ありません……」

彼女はリタという名の年若い侍女だった。若いから体力もあるだろうと、カリーナの世話をよく受け持っていたと思う。

リタの謝罪に驚いて、早足で彼女が案内する部屋に行けば、母がカリーナを抱いていた。母の腕の中のカリーナは、真っ赤な目をしてヒックヒックとしゃくり上げている。そして、手のひらや腕に傷があった。

「これは、どうしたことかね?」

父がそう詰問すると、真っ青な顔をしたリタは、身体を縮こまらせてボソボソと説明を始めた。

どうやら私たちが狩りに出たあと、カリーナはリタとかくれんぼを始めたらしい。カリーナが誘ったということだ。

たいていは、カリーナの側には二人の侍女が付いているのだが、そのときたまたまリタは一人だった。もう一人は化粧室に行くため部屋を出ていたのだ。いつもなら、一人は鬼の役目を受け持ち、一人は部屋の外に待機する。それができなかった。

けれどリタを急《せ》かすようにさっそく隠れ始めたカリーナを見て、少しの間ならいいか、とそのままかくれんぼを始めてしまった。

ゆっくりと十を数えて顔を上げ、リタはカリーナを探し始めたが、どこにもいない。

「お隠れになるのが上手くなられたのだと、そのときは思ったのです……」

震える声で、リタの説明は続く。

しかしいくら探しても、カリーナの姿は見つからない。もう一人の侍女が戻ってきて二人で探しても見当たらない。いくらなんでもこれはおかしいと思い始めたときに、厩舎《きゅうしゃ》で騒ぎが起こった。

カリーナは厩舎に向かい、そして馬に乗ろうとしたのだ。厩舎番が気付いたときには、柵の下をくぐろうとしていたところだったそうだ。馬は突然の侵入者を鼻先で小突き、カリーナは転んで背中を壁に打ちつけて、手や腕にも怪我をしてしまった。大人しい馬だったからよかったものの、そうでなかったら蹴られていた可能性もあった。下手をすると命にかかわる。

「申し訳ありません！」

リタはまた、大きく頭を下げた。気の毒になるほどだった。

父は、はあ、と大きくため息をつくと、カリーナのほうに顔を向ける。

「カリーナ」

今まで聞いたことがなかったのであろう父の低い声に、カリーナはビクッと身を震わせた。

「なぜ馬に乗ろうとしたんだ？」

その問いに、彼女は涙声で答える。

「だっ、だって……、置いていくから……。カリーナも一緒に行きたかったんだもん！」

そうしてまた、大声を上げて泣いた。母は困ったように眉尻を下げている。

「カリーナ！」

父の鋭い呼び声に、彼女はピタリと声を止め、目を大きく見開いて父を見つめる。そこにいるのが本当に父なのか、と疑っているような瞳だった。

「泣けばなにもかも解決するとでも思っているのか」

底冷えするような声だった。それを向けられているのは自分ではないはずなのに、血が下がっていくような感覚がする。

「嘘をついたな、カリーナ。最初からかくれんぼなどする気はなかったのだろう」

「う……」

カリーナはなにも口にできずに俯いてしまう。

そうなのだろう。話を聞く限り、カリーナがいなくなってから見つかるまでに、そんなに時間は経っていない。かくれんぼをして飽きたから、というのなら、カリーナが厩舎に到着するのはもっと遅かったはずだ。リタの目をかいくぐるために、彼女を騙《だま》したのだ。しかもおそらく、リタが一人になるときを狙った。

純真無垢だと信じていた妹がそんな小狡《こず》い面も持っていたことに、私は少なからず衝撃を受けた。

「リタ」

父は侍女のほうを振り返り、声をかける。すると彼女は肩を跳ねさせた。

「君がすべて悪いのだとは思わない。けれどやはり、これは責任を取ってもらわねば」

「はい……」

「もう城内での仕事を任せるわけにはいかない。引き継ぎを済ませたら、出ていってもらおう」

「……はい、申し訳ありません」

まったく反論することなく、リタは肩を落として頭を下げた。

その様子を見ていたカリーナは、呆然とした様子で、パチパチと瞬きを繰り返している。

「陛下、リタはよくやってくれています」

母がそう口添えしたが、父はその決定を覆《くつがえ》すことはなかった。

そして最後に、カリーナに向かって厳しく尖った声をかける。

「王女たる自分の考えなしの行動が、いったいなにを引き起こしたのか、わかっただろう」

カリーナは目に涙を盛り上がらせたが、もう声を上げて泣くことはなかった。

◇

リタが城を出ていく日、こちらに頭を下げてから背中を向けるリタに、カリーナは小声で呼びかけ続けていた。

「リタ、リタ、ごめんなさい。ごめんなさい……」

それからカリーナは感情を表に出す際、一旦、口元を引き結ぶようになった。少し考えてから怒ったり笑ったり悲しんだりする。けれどそれも面倒になってきたのか、それとももう癖になってしまったのか、あまり表情を動かさなくなった。

その代わり、発言には嘘がない。

泣かないこと、嘘をつかないこと、それが身に染みついてしまったのだろう。

極端だな、とは思うが、多少無表情でも妹の心の内は私には読めるし、まったく感情を出さないわけでもないし、特に困ることはないと、そのまま過ごしていた。

◇

ルンデバリ侯爵家に女の子が誕生し、その顔見せということで、その娘が二歳になったときに侯爵家の面々が王城に登城してきた。

謁見室での面会となったが、元々親しくしている侯爵家なので、どこか和やかな雰囲気が漂っていたと思う。

「こんにちは、マティルダです」

まだ二歳だというのに、マティルダはしっかりと挨拶してみせた。女の子はこんなに成長が早いものなのだろうか、と驚いてしまう。弟のエリオットは、今このときも、私の足にしがみついて離れようとしないのに。

カリーナはどうだっただろうか。今はもう十歳だから、当然、この場でも大人しく背筋を伸ばして立っているけれど。

しかし、しっかりしているとはいえ、マティルダはまだ幼い女の子だ。なにかあってはいけないと、彼女のすぐ側には侍女が控えていて、目を離さないようにしているようだ。

というか私は、その侍女に見覚えがあった。

私の隣にいるカリーナは身じろぎもせず、侍女に視線を据えている。

「リタ」

そして侍女にじっと視線を当てたまま、そうつぶやいた。

覚えていたのか。四歳の頃のことを。わずかな時間、自分を世話してくれて、そして自分のせいで城を出ていってしまった人のことを。

謁見が終了し、皆が和やかに話をしながらその場から動こうとしているときに、カリーナは焦ったように壇上から降りて、リタのもとに駆け寄った。

「リタ」

カリーナが声をかけると、彼女はそちらを振り向き、口元に笑みを浮かべた。

「まあまあ、覚えていてくださったのですか。光栄でございます」

その様子を見ていた侯爵夫人はマティルダを引き受け、そして部屋を出ていく。

呼び止めたはいいものの、なんと切り出せばいいのかわからないのか、カリーナは少しの間、口ごもり、それからなんとか言葉を発した。

「ひ……久しいな、リタ」

「ご無沙汰しております、姫さま」

柔らかな声音でカリーナにそう挨拶すると、彼女は目を細めた。

「姫さまがご立派になられまして、リタも嬉しゅうございます」

「ご立派……かどうかはわからないが」

「姫さまは今も、王子殿下の真似をしておいでですのね」

男性のような口調のことだろう。クスクスと笑いながらそう指摘されると、カリーナはわずかに頬を染めた。可愛い。

「また会えると思っていなかった。元気だったか？」

「ええ、おかげさまで。あれからずっとルンデバリ侯爵家でお世話になっております」

「そう、だったのか」

「実は陛下から、しばらく姫さまには会わないように厳命されておりましたの。もう『しばらく』経ちましたのでいいだろうと旦那さまからもお許しをいただきまして、本日はマティルダお嬢さまのお世話もございますし、付いて参りました」

「父上が……」

「こうしてまた姫さまにお会いする機会を与えていただき、私には過ぎた温情でございます」

カリーナはその口上に、ぶんぶんと首を横に振る。

「いや、あれは私がすべて悪かったのだ。リタには本当に申し訳ないことをした。すまなかった」

カリーナはそこまで一気に言い募ったが、リタは緩く頭を振って返した。

「いいえ、姫さまが謝罪するようなことはございません。侍女として判断を誤ったのは私なのですから」

「でも……」

「どうぞお心をお痛めにならないでくださいませ」

リタはそう宥めているが、カリーナは納得できないようだった。身体の側面で、ぎゅっと拳を握り、そして口を開く。

「でも父上は、あまりにもリタに厳しかった」

するとリタは口元に手を当て、「まあ」と漏らした。

「いいえ、先ほど、過ぎた温情と申しましたでしょう？　ルンデバリ侯爵家で働けているのは、陛下と妃殿下のお口添えがあってのことですわ」

「え……」

リタが言うところによると、こうだ。

確かに王女から目を離したことはよくないことだが、それは王女が嘘をついたからであり、理解できないこともない。ここまで甘やかした自分たちの責任でもある。けれど無罪放免にしてしまうと他の者に示しがつかなくなるし、なんらかの責任を取ってもらうしかない。

それならば、王女のすべての行動には責任が伴うのだという教育も兼ねて、王城を出ていってもらえないだろうか。次の就職先は世話させてもらう。なにもかもリタのせいにするのは心苦しくはあるがお願いしたい、と父に頭を下げられたそうだ。

「本当に、心よりのお慈悲を賜《たまわ》ったのでございます。どうか、陛下のことを誤解なさらないでくださいませ」

子どもに言い聞かせるような、柔らかな声音でリタはカリーナに語る。

いや、リタにとっては、カリーナはまだ幼い子どものままなのかもしれない。

「わかった」

彼女の言葉を受け入れたのか、カリーナは顔を上げて、きっぱりと言った。

「リタには感謝している。ありがとう」

それを聞いたリタは、穏やかな顔をして、わずかに瞳を潤ませながら小さくうなずく。

カリーナはいつも通り、あまり表情を動かさないかと思ったが、薄く、笑みを浮かべた。

そうして、幼い頃に引き起こした事件が今のカリーナを形作っている。四歳のときの事件そのもののことはもう忘れているかもしれないが、彼女の中には残っているのだ。

多少、表情に乏しいからといって、なんの不都合があるだろう。どんな彼女でも、私の妹は、やはり可愛い。

だから私は、妹をどこまでも守りたいと思うのだ。

番外編②

王女と騎士

◆王女と騎士

先日、我がマッティア王国の第一王女である、カリーナ殿下の騎士選考会が開かれた。

俺の家は、「貴族って呼んでもいいのかなあ」と思えるほどに、いたって普通の家庭で、あたりの庶民と変わらない質素な屋敷に住んでいた。父の仕事は、小さな山の一部の管理と、その山の麓《ふもと》に住む人たちを取り纏《まと》めることだ。

俺は、五男三女の五男だった。貴族なんて名ばかりの家に生まれて、ぶっちゃけ、俺のところまで回ってくる金はない。着るものだって兄たちのお下がりだったし、部屋だって二人で一室を使う。

ただ、食事はまあまあよかったと思う。なぜなら井戸水は美味しかったし、野菜は畑で採れたし、肉は自分で狩りに行けばいい。

けれど、やはり裕福な暮らしには憧れる。こんなところでせせこましく人生を終わらせたくはない、とは思っていた。

そこに、騎士選考会の報せが届いたのである。

俺は食いついた。ガッツリと食いついた。応募資格が『十歳前後の腕に覚えのある者』というのに、これまたそそられた。まるで十二歳の俺のためにあるような選考会ではないか。腕に覚えのある、がどの程度なのかは知らないが、日々、狩りで鍛えられている。これは天命ではないか、とも感じた。

正直なところ、王女の騎士、というものがどういう仕事なのかはよくわかっていなかった。けれど要は、王女殿下を守ればいいんだろう、と安易に考えてみる。

そして俺は、意気揚々と王城に向かった。家族は、「まあ挑戦するのはいいことだし」と、あまり期待していないふうだったが、家で一番いい馬を貸してくれたので、あわよくば、くらいは思っていたのかもしれない。

選考会前日に城に到着した俺は、個室に案内され、豪勢な食事も用意してもらえた。

王城ってなんて素晴らしいんだろう！　と、ますますやる気が漲《みなぎ》ってきたのを覚えている。

翌日、王城前の広場には、何人もの似たような少年たちが集まっていた。

が、そこかしこでヒソヒソと内緒話が繰り広げられている。俺は特に親しい人間もいなかったし、皆の視線は違う少年のほうに向かっていたので、有名人がいるのかな、とその程度の関心しか持たなかった。

しかし、主役である王女殿下が現れると、その場はしん、と静まってしまう。

あれが、カリーナ殿下。

俺も皆と同じように、その女の子に視線を釘付けにされてしまった。

御年十歳の王女殿下は、王族らしく、背筋を伸ばして立っている。長い黒髪を後ろの高いところで括り、清楚な紺青色のドレスを身に纏っていた。

綺麗な子だな、と思う。

俺より二つ年下のはずだが、妙な迫力があって、近づき難い雰囲気がある。

その王女殿下が一段高いところから見守る中、選考会は始まった。

まずは弓の腕前を見るために、一人三本の矢を射る。俺は三本とも的の真ん中あたりに中《あ》てられて、ほっと胸を撫で下ろす。終わって振り向くと、カリーナ王女はこちらをじっと見つめていた。

上手くできたことだし、もしかして目に留まったかな、とワクワクしてしまう。

次に剣術の試験が始まった。王城側が用意した木でできた模擬剣《もぎけん》を渡され、二人で打ち合う。

ところがだ。そのあたりから、どうも様子がおかしいことに気付いた。

何人かと打ち合ったが、誰も彼もが、あっさりと剣を落としてしまうのだ。

俺より身体が小さいから、とか細いから、とかそんなこともなかった。初めて剣を持つわけでもなさそうだった。

そう、単純に、まるでやる気を見せていない。早く終われ、とでも考えているような様子だった。

いったいなにが起こっているんだ、と戸惑っていると、皆の視線が一人の少年に向かっていることに気付く。この場で張り切っているのは、俺と、その少年だけと言っても過言ではないという状況になっている。

選考会が始まる前にも視線を集めていた少年だ。

見てみれば、王女の周りに何人かの大人がいて、彼女になにやら耳打ちし、その少年を見るよう促している様子だ。

ああ、なるほど。これはもしかしたら、あの少年が選ばれると最初から決まっているのではないだろうか。

ガックリと肩が落ちる。確かに期待している様子ではなかったが、一番いい馬を貸してくれた家族にも申し訳ないような気持ちになった。

同時に腹も立った。遠くから一人で馬に乗ってやってきたのに、こんな茶番に付き合わされた身にもなって欲しい。

その鬱憤《うっぷん》を晴らすかのように、それからも俺は、相手の剣を叩き落とし続けた。

一通り終わり、一人の大人が王女の側に歩み寄り、そして俺たちにも聞こえるように声を張った。

「さあ、カリーナ殿下、どうぞ騎士をお選びになってくださいませ」

あの少年は結果がわかっているのか、ふんぞり返っていた。なんかムカつく。

そして王女は右腕をすっと上げると、まっすぐに俺のほうを指差す。

「彼にする。赤毛の」

涼やかな声でそう告げると、じっとこちらを見つめている。

ああ、やっぱり、綺麗な子だ。

わずかな間だったかと思うが、つい見惚れてしまう。

しかしすぐに、周りの注目を集めていることに気付き、ハッとする。

「お、俺？」

自分を指差してそう訊くと、王女殿下は力強くうなずいた。

なんだ、決まっていたわけではなかったのか。最後までがんばってよかったなあ。

と胸を撫で下ろしていると。

「お、お待ちください、カリーナ殿下」

なぜか周りの大人たちが慌て出す。

「本当にそれでいいのですか」

「よくご覧になってくださいませ」

「え？」

王女殿下は、周りにそう止められ、キョトンと目を見開いている。

「どういうことだ？　一番強そうな人間を、私が選ぶんじゃなかったのか」

「いえ、そうなんですけれど」

「もっと強い子がいたでしょう」

「ほら、私どもが先ほどお教えしました子が」

なんだこれ。

やっぱり最初から誰が選ばれるのか決まっていたのか。

いやでも、王女殿下は俺を選んだわけだし、まさか変えないだろう？

なんてことを考えていると。

「そうか。変えたほうがいいのか？　じゃあ変えよう」

「ちょーっと待ったー！」

反射的に声が出た。いやいやいやいや、なに言ってるんだ、この王女さまは。

「今、選んでくださいましたよねっ？」

「ああ」

まったく動揺を見せず、カリーナ王女はうなずいた。

「じゃあ俺でしょ！」

「そう思ったんだが……」

そう返して、周りの大人たちを困ったように見回した。

するとそのあたりから、周りがザワザワと騒がしくなってくる。

「やっぱり決まってたんだ」

「さっき決まってるって聞いたから、手を抜いちゃったよ……」

「でも姫さまが選んでた」

「じゃあ、がんばればよかった」

それぞれが、それぞれの疑問と不満を口にしている。

大勢の貴族の子息を前に、不正が明るみになってしまうのはまずいと判断したのか、大人たちはガックリとうなだれながら、王女に促した。

「どうぞ、殿下のお気に召した者をお選びください……」

「そうか。じゃあ、彼にする」

そうして俺は、二度、選ばれたのだった。

◇

だからといって、すぐさま騎士として着任したわけではなかった。研修期間というものが必要だったのだ。なぜなら俺は、騎士という仕事のなんたるかを、まったく知らないのだ。

「ラーシュ、気負うことはないぞ。自分の身は自分で守れるつもりだ」

俺の主であるところの姫さまは、冷めた声で俺に言う。だからといって、手を抜くわけにはいかない。

俺はひとまず、騎士団に放り込まれた。せいぜい二十人くらいしかいない小規模な騎士団だが、少数精鋭ということなのか、鍛錬では誰が相手でもまったく歯が立たなくて、毎日身体のどこかに生傷を作った。

その様子をたまに姫さまが見学しに来るが、真顔でじっと見ているだけで、しばらくすると立ち去ってしまう。

弱すぎて呆れたんじゃないよなあ、まさかお側に侍る前に解雇なんてことにはならないよなあ、と不安な気持ちを募らせていた、ある日。

俺と同じように、騎士団に放り込まれた少年がいた。

「あっ」

見覚えがあった。元々、姫さまの騎士になる予定だったあいつだ。

彼は俺の顔を見ると眉根を寄せて睨みつけてきたあと、ぷいと横を向いてしまう。

まさか、俺が弱すぎて、予定通りこいつが騎士になることになったのか、と蒼白になっていると。

「背筋を伸ばして立て！」

彼に向かって、騎士団長の一喝が飛んだ。俺が言われたわけでもないのに、反射的に直立不動になってしまう。

しかし少年は、不貞腐れたように唇を尖らせた。

ええ……。逆にすごいな。よくそんな態度が取れるもんだ。

と妙なところで感心していると、団長は続けて声を張った。

「貴様の父……伯爵から頼まれているぞ。厳しくしてやってくれとな！」

ということは、親から騎士団で鍛錬しろと指示されたのか。

「……そんなこと言ったって……」

彼は俯いたままボソリと発した。

「どうせ、もう王女殿下の騎士にはなれないし、無駄じゃん」

あ、そうなのか。じゃあ別に俺の代わりというわけではないのか、と心の中で胸を撫で下ろす。

しかし、心の中、のつもりなだけで、思いっ切り表情に出ていたらしい。バッとこちらに顔を向けた彼は、大声を上げた。

「なんだよ、勝ち誇った顔しやがって！」

「えっ、いや」

「だいたいお前がいなきゃ、こんなことにはなってないんだ！　どこの田舎貴族か知らないけど、しゃしゃり出てくるなよ！」

「えっと」

「全部、お前のせいだ！『あの子より強ければ済んだ話だ』って毎日毎日責められて、挙句《あげく》に『跡継ぎになりたければ騎士団で鍛えられてこい』ってこんなところに連れてこられて！　さんざんだ！」

勢いに気圧《けお》されて、俺も、そして団長も口を挟めなかった。

いや同情はするけれど、そんなことを俺に言われても。

「どんな不正をしたんだよ！　ほとんど決まってたって話なのに！」

いや不正をしたのは、そっちでは。

これ、どうしたらいいんだろう、と頭の中でぐるぐるといろんな言葉を思い浮かべていると。

「不正とは、聞き捨てならない」

ふいに響く、凛とした高い声。振り向けば、いつの間にか見学していたらしい姫さまが、こちらにズンズンと歩み寄ってきていた。

そして俺の目の前に立ち、胸を張る。なんだか俺のほうが守られているような立ち位置で、情けなさが胸に湧く。

「不正などしていない。私がちゃんと見て選んだ。ラーシュが一番強かった」

そう堂々と言ってのける。そして続けた。

「騎士たる者、自分の弱さを人のせいにすべきではない。今、自分の目が確かだったと安心した」

あっ、それはちょっと追い込みすぎ。

と俺が慌てたと同時に、伯爵子息はみるみる顔を真っ赤にして、ブルブルと震え始めた。

「なんだよ、偉そうに！」

偉そうもなにも王女なんだが。と呆けたことを思ったとき。

あろうことか彼は姫さまに摑みかかろうとした。完全に頭に血が上《のぼ》ってしまっている。

「姫さま！」

俺は反射的に腕を伸ばして姫さまの二の腕を握り、後ろに引いた。思いがけず軽くて、彼女はたたらを踏んで俺の背後まで下がった。

腕ほっそ！　こっわ！

予想外のか弱さに頭の中が真っ白になっている間に、団長は少年の襟首を摑んで持ち上げていた。

彼が「放せよ！」と足をバタバタさせて喚いているその耳元に、団長は低い声を落とす。

「王族に危害を加えようとするとは、首を刎《は》ねられても文句は言えない」

その脅し文句に伯爵子息は真っ赤な顔を瞬時に蒼白にして、そしてガックリと身体中の力を抜いた。

団長は姫さまのほうに視線を向ける。

「いかがなさいますか、王女殿下」

「罰はいい。鍛え直してくれ」

「かしこまりました」

子ども同士の喧嘩の範疇《はんちゅう》だと判断されたのだろう。結局、大事には至らなかった。

「性根を叩き直してやるからな」

そんな恐ろしい言葉を聞かされながら、彼はぶら下げられたまま、そこから団長とともに去っていく。

俺は、先ほど姫さまの腕を握った自分の手を、じっと見つめる。

細かった。本気で握れば、折れてしまうんじゃないかというほど。いつも堂々としていて、凛と背筋を伸ばしているから、もっとしっかりした身体をしているような気がしていたのに。

「ラーシュ」

呼びかけられて、ハッとして顔を上げる。姫さまがこちらをじっと見つめていた。そして、口を開く。

「災難だったな」

「姫さまが必要以上に煽《あお》るからですよ……」

思わず本音が零れ出て、しまった、と口を押さえる。

しかし姫さまは数度、目を瞬かせたあと、うん、とひとつうなずいた。

「そうか。以後気を付けよう」

よかった。どうやら怒られはしないらしい。

安堵して肩の力を抜いていると、続けて声をかけられる。

「ありがとう」

「え？」

「守ってくれて」

そしてわずかに目を細め、よく見ないとわからないくらいに、薄く笑みを浮かべた。

うわ。なんだこれ。

「いえ、あの、俺、騎士ですから。それに、守ったって感じでもないし」

しどろもどろに返事をする。もっとかっこいいことが言えたらよかったのだけれど、そのときの俺にはそれが精一杯だった。

「そうか」

それだけ返すと、姫さまはくるりと踵を返して歩き出す。

高いところで結った黒髪が揺れるたび、覗く白いうなじ。たおやかな身体。細い腕。

ああ、姫さまは、精巧なガラス細工かのように、触れないように、傷つけないように、大切に守るべき、か弱い少女なんだ。

俺はそんなことを考えて、ぼうっとして立ちすくんでしまう。

そのあと団長が帰ってきて、「ここにも性根を叩き直さなきゃいけないヤツがいるのか？」とため息をついていた。

◇

そんなふうに姫さまは、初めて会ったときからずっと危うかった。

いつか痛い目に遭《あ》ってしまうのではないかと、側に仕える者としてはハラハラしてしまう。

それゆえ俺は騎士として、どうしても姫さまを守らなければならないと思ってしまうのだ。

重ねて言うが、騎士としてだ。

仮に、俺の想いが恋慕だとして、そしてもしその気持ちが通じたとして。

それは、姫さまにとっての幸福な道とはならない。

最近、婚約者を前に表情が豊かになってきた姫さまを見ていると、癪ではあるが、生涯仕える生き方もなかなかいいじゃないか、と思うようになってきた。

少々、胸は痛いが、それもまたいつか和らいでいくのだろう。

主の幸せを願い続けるのが騎士というものだ。

だから姫さまに幸福をもたらさないのなら容赦はしないけどね、と金色の髪の少年のつむじを眺めながら、そんなことを思ったのだった。

あとがき

この度は、『王女カリーナの初恋　～弓音響く王国で、八歳年下の王子さまと政略結婚することになりました～』をお手にとっていただき、誠にありがとうございます。作者の新道梨果子です。

狩猟が日常である小国の王女カリーナが、大国の幼い王子ジュリアンと婚約し、長閑な国の中で少しずつ距離を縮めていく恋物語、楽しんでいただけましたでしょうか。

この作品は、小説投稿サイト『小説家になろう』様に掲載していたものを、『PASH!ブックス』様に拾っていただき、書籍化するにあたって加筆修正したものです。構成も変更し、かなりの深掘りをしたかと思います。

書籍化検討の際には、〝八歳年下の王子〟という設定が読み手を選ぶのではないか、という声も、当初はあったそうです。それを担当編集者様がご尽力くださり、書籍化できる運びとなりました。

そのため、より良いものにするべく、助言をいただき話し合いながら書き上げました。おかげさまで自画自賛ではありますが、満足のいくものになったかと思います。

これは、そうして二人三脚で作り上げた物語です。楽しんでいただけたなら、これに勝る喜びはありません。

そうしてできあがった本を美しいイラストで彩ってくださった藤ヶ咲先生には、感謝してもしきれません。なにかイラストが届くたび、「ヤバい」「美しい」「尊い」しか言えなくなりました。何度PC前で歓喜の雄叫びを上げたかわかりません。ぜひ皆様もご堪能くださいませ。そして一緒に語彙を失いましょう。

最後になりましたが、この作品を世に出すために、編集部はじめ、関わってくださったすべての方々に、深く感謝申し上げます。

また、いつも応援してくださっている読者の方々、誠にありがとうございます。

そして、この本を手に取ってくださったあなたに、厚く御礼申し上げます。

ではまたお会いできることを心より祈っております。

二〇二四年五月吉日　新道梨果子

この本を読んでのご意見・ご感想・ファンレターをお待ちしております。
〈宛先〉　〒104-8357　東京都中央区京橋3-5-7
（株）主婦と生活社　PASH!ブックス編集部
「新道梨果子先生」係
※本書は「小説家になろう」（https://syosetu.com）に掲載されていたものを、改稿のうえ書籍化したものです。
※この作品はフィクションであり、実在の人物・団体・法律・事件などとは一切関係ありません。

PASH!ブックス

王女カリーナの初恋

2024年6月17日　1刷発行

著　者	新道梨果子
イラスト	藤ヶ咲
編集人	山口純平
発行人	殿塚郁夫
発行所	株式会社主婦と生活社 〒104-8357　東京都中央区京橋3-5-7 03-3563-5315（編集） 03-3563-5121（販売） 03-3563-5125（生産） ホームページ　https://www.shufu.co.jp
製版所	株式会社二葉企画
印刷所	大日本印刷株式会社
製本所	共同製本株式会社
デザイン	omochi design
編集	星友加里